あと千回の晩飯

山田風太郎

朝日文庫

単行本は、一九九七年四月、朝日新聞社より刊行されました

あと千回の晩飯　もくじ

風来坊随筆

あの世の辻から

あと千回の晩飯

あと千回の晩飯

遠雷の音

いろいろな徴候から、晩飯を食うのもあと千回くらいなものだろうと思う。

といって、別にいまこれといった致命的な病気の宣告を受けたわけではない。七十二歳になる私が、漠然とそう感じているだけである。病徴というより老徴というべきか。

「つひにゆく道とはかねてききしかどきのふけふとはおもはざりしを」

という古歌を知っている人は多かろう。この「つひにゆく」を「ついにくる」と言いかえて老いと解釈すれば、人生まさにその通りだ。

死は諦念をもって受けいれても、老いが現実のものとなったときはるかに多くの人が、きのうきょうのこととは思わなかったと狼狽して迎えるのではあるまいか。

野球の王、長嶋も、終わりの二、三年、「こんなはずではないが……」ということの狼狽が見られたし、相撲の北の湖にも同様の現象が見られた。超人的な人間ほど自分の力の衰えに対する狼狽が甚だしいようだ。むろん彼らがほんとうに老人になったわけではないが、その道における老化は非情なフィナーレのラッパを吹き鳴らしていたのである。

万葉の歌人山上憶良《やまのうえのおくら》にみずからの老いを悲しむ歌がある。

「……四支動かず百節みないたみ、身体はなはだ重く、なほ鈞石《きんせき》を負へるがごとし。布にかかりて立たむとすれば翼折れたる鳥のごとく、杖によりて歩まむとすれば足跛《な》へたる驢《うさぎうま》のごとし」

これを詩人らしいオーバーな表現だと思っていた。事実いまの私がそんな状態だというのではないが、しかし遠からぬうちにそういうことになりそうな予感を、骨や筋肉や内臓の深部から聞いているのである。

長寿祝い

この夏、私の住んでいる町の市役所から長寿祝いのバスタオルと金一封を下しおかれ、脳中大疑問符をえがきながら頂戴した。

疑問符というのは、長生きは是か非か、ということについて、前々から判断に苦しむところがあったからだ。

一般には、いまでも長生きは是ということになっているらしい。だから、日本が長寿の世界一になったとれいれいしく報道され、きんさんぎんさんが時代のアイドルになり、右にのべたように七十歳を越えた私のような者までお祝いのバスタオルをもらう始末になる。しかしおめでたい存在は、本人が幸福であるのみならず、周囲にも幸福をふりまくものでなくてはなるまい。

これから五、六年たつと二十一世紀になるが、二十一世紀の日本では、勤労者の四人が六十五歳以上の老人一人を養ってゆかなければならない計算になるという。これは戦慄すべき計算だ。しかもこれは机上の予測ではなく、まちがいなく到来する事態だ。いったいどうするつもりかしらん。

いや、そんな近未来の話ではなく、現在ただいま十数人の孫にとりかこまれて、大黒頭巾をかぶったジジババが福笑いしているような光景が、大老人をかかえた家庭の何十パーセントあるだろう。万事悲観主義の私は、三〇パーセントもあるかどうかと思う。

そもそもその大老人が——ある老人病院のお医者さまの観察によると——「長命の人々は、みんな春風たいとう、無欲てんたんのお人柄かと思ったら決してそうじゃなく、みなさんひとの頭でも踏みつけて人生を越えてこられたような個性の持ち主に見えますがね」だそうだ。

つまり、ひとに気をつかってばかりいる心やさしき人々は薄命で、ゴーックバリが長生きするようだ。

長寿の諸君子ごめんあれ。私もそのお仲間らしいからこんなことをいうのです。私自身はゴーックバリの正反対の人間のつもりだが、かえりみれば時と場合で虫のいどころが悪ければどこまでも強情を張り通すこともあるようだ。

クソジジイ・クソババア

長命して、ご本人がゴーックバリぶりを発揮して家族の手を焼かせているうちはまだいい。家族はそれでも人間を相手にしているからだ。

ゴーックバリ期の何年かがすぎると、こんどは痴呆期にはいる。――はいる人が少なくない。

痴呆現象にもいろいろなかたちがあるが、なかでも介護者をいちばんなやますのが例の排泄物の問題らしい。

私の周囲の知人にも、その例が二、三ある。その話を聞くのだが、聞くもナミダ、語るもナミダの物語だ。

オムツはあてがってあるのだが、本人がいやがって勝手にとってしまう。自分がどういう状態にあるのか意識していない。赤ん坊のウンチは可愛らしいが、クソジジイ、クソババアのほうは可愛らしくない。

その始末の光景を、話だけ聞けばマンガチックだが、当事者にとっては、とうてい笑いごとではない。

こういう話を聞くと私は、神は人を祝福をもって生まず、悪意にみちたカリカチュアとして生んだのではないかと疑わずにはいられない。そして、人間に対してのみこの感が起こる。他の動物はこんな醜態をさらすことなく、ほかからの介護者もなくひとり荘厳に死んでゆく。そして人間の場合、身辺に介護者があればまだしもなのである。それがない場合を想像すれば身の毛もよだつ。

長い人生にはいろいろなことが起こる。大ざっぱにいうと、それは自分の尊厳性を保ったための力闘である。それなのに、糞マミレの最終局面を迎えるとはあまりに無惨だ。このごろ、がんよりもボケを恐れる人々がふえたというが、それも道理である。

さきに、「長生きはそんなにおめでたいか」と首をひねった最大の理由はこれだ。

しかも人間のあらゆる言動をつかさどる脳髄でありながら、ボケるかボケないかは、脳髄自身どうにもならぬ風次第なのだ。

で——あらゆる長寿者がみんなボケになるとはかぎらない。ボケになってもみんな糞地獄におちるとはかぎらない——という確率にすがるよりほかはない。

吾輩もボケである

人間の最後の尊厳性を守る一本のフンドシ、それさえムシリとられたあとは、ごく少数の例外をのぞき、客観的に見れば私には、ほとんど生きている意味がないように思われる。「無意味なる生」である。それはごめんだ。だれでもいやだろう。

それじゃ、そうなったら自殺するのかと聞かれると困る。だいいちそんな状態になったら、自殺などする決断力もないにきまっている。

それについて、あるときある編集者と問答した。

「とにかく国民の平均寿命が八十歳、国民の四分の一が六十五歳以上なんて世の中が、まちがいなく到来する。どこを見わたしてもボケ老人ばかりになる。これは昔々、おじいさんは山へしば刈りに、おばあさんは川へ洗濯に、などという童話の世界ではなく、老醜無惨の不死人間が住む『ガリバー旅行記』の世界だ。これが現実のものとなる恐ろしさを、みんな腹をすえ見通しているのかね」

「それじゃ、どうすればいいんです」

「いろいろ考えたが、やはり老人の数をへらすよりほかに法はない」

「と、いうと?」

「漱石がね、『吾輩は猫である』のなかで、こんなことを言っている。文明が発達すると人類はみな神経衰弱になり、生きているのがいやになる。しかし当人はなかなか死ねない。そこでそんな世の中になると、巡査が棍棒《こんぼう》を以て天下の公民を撲殺して歩く。それで殺されたい人間は、殺されたい男ありとか女ありとか、門口に貼札をしておく。すると巡査が都合のいいときにまわってきて、すぐに志望通りにとりはからってくれる。死骸はやっぱり巡査が車をひいて拾って歩く、と。……この天下の公民をボケ老人にあてはめればいい」

「しかし、そんなに老人の数が多いとなると、一人ひとり撲殺したり、死骸を運搬したりたいへんじゃありませんか」

「ゴミの収集より手間がかかるかも知れんね、なに、これは漱石大先生のブラックユーモアで、僕のアイデアは別にあるんだ」

老人の大汎濫予防法についての、私と編集者の問答つづき。

「僕のアイデアでは、ボケ老人を一堂に集めて、集団でトワの眠りについてもらう。毎年八月十五日に戦没者追悼式を行う日本武道館か、いやこのセレモニーのために五階建てくらいの、森厳豪華きわまる神殿を造ってもいいかも知れない。そこに花をつめた柩《ひつぎ》をびっしりならべて、そのなかに横たわってもらう。そのうちガスがしずかに全館を満たす……」

「そりゃアウシュビッツじゃありませんか」

「全然待遇がちがう。が、そういわれるならウイスキーをガス化して、噴霧状にふきつけてもいい。一人あたり三時間にボトル一本くらい使えば何とかなるだろう。その前に坊さんか神父さんに、悠久の大義につく意義を説教してもらったり、ベートーベンかだれかの葬送行進曲を——いや日本だから、海ゆかばの歌がいいかも知れない——大音響でかなでたり、さらに泣きもだえる泣き男、泣き女を使うなど工夫のかぎりをつくす。これらの光景を哀音切々とテレビで放映するのはむろんだ。人間、そういう雰囲気に持ってゆけば、結構そういう気分になるものだよ。特にいまの老人たちはみんな戦中派で、悠久の大義なんて言葉をきくとたちまちメロメロになるように脳ミソのシワができてるからね」

「それはともかく、そりゃ強制ですか」

「いや志願だ。六十五歳になったとき、将来ボケてクソジジイ、クソババアの徴候があらわれたら、この国家的葬送の儀に参加させてくれという登録をしておくんだ。自分の排泄物の始末もできない状態になってまだ生きていたいと思わない人は、さぞ多いだろうからね。どうだい」

編集者はしばらく首をひねってからいった。

「まあ、志願者はありますまいな、だいたい人間は、生きてるのがイヤになっても死にたくないもんですよ」

「そうだろうか」

「それに、いまのお話のようなこと、あまり大っぴらにして聞かれると、ジジババ連にそれこそ棍棒で撲殺されますぜ」

「なに、僕もそのお仲間の一人なんだがね」

生き過ぎて

長生きは一応おめでたいことになっているが、モノには限度ということがある。

古今亭志ん生は八十一のとき、こんなことをいった。

「やんなっちゃうね、どうしようかと思っちゃう。ほんとに。ここまでくると、どこまで生きりゃいいんだって、いいたくなっちゃう。ねえ、つまんないもう。いつもそう、なんかあると、ああ面倒くせえ、はやく参っちめいてえなって」

志ん生は八十三歳で死んだ。

志賀直哉はまだそれほど衰えないときに「不老長寿という。不老で長寿ならいいが、老醜をさらしての長生きはいやだね」といった。

八十四のときこんなことをいった。

「ここがわるい、ここが痛むというのでなしに、衰えて――このごろしみじみ老苦というものを味わわされているんだ」

と嘆き、テレビドラマを指さして、見ていても筋なんかさっぱりわからない。

「老いぼれて、気力が全くなくなって――それればかりでなく、アタマがおかしい、ヘンなんだよ」

と、いった。

志賀直哉はそれから八十八歳まで生きた。

武者小路実篤は八十九のときこんな文章を書いた。

「人間にはいろいろな人がいる。その内には実にいい人がいる。立派に生きた人、立派に生きられない人もいた。しかし人間には立派に生きた人もいるが、中々生きられない人もいた。人間は皆、立派に生きられるだけ生きたいものと思う。この世には立派に生きた人、立派に生きられなかった人がいる。皆立派に生きてもらいたい。皆立派に生きて、この世に立派に生きられる人は、立派に生きられるだけ生きてもらいたく思う。皆人間らしく立派に生きてもらいたい」

一回転ごとに針がもとにもどるレコードのようなもので、果てしがない。

こういう状態で、武者小路実篤は九十歳で死んだ。

祇園精舎の鐘の声

古今亭志ん生は晩年、冥土の夢ばかり見た。志賀直哉は寝たきり老人になり、自殺を考えて、冗談ではなくときどき鴨居あたりを眺めていた。武者小路実篤は永遠に同じことをくりかえすボケレコードと化した。思うにこの人々は長生きし過ぎたのだ。

そもそも人間は、何歳くらいで死ぬのが適当なのだろう。

人生百二十五歳説を唱えた大隈重信をはじめ、それは百人百説だろうから、ここでは私の怪「生物学」的見地から論じることにする。

あらゆる動物は、個体保存と種族保存の二大本能に支配されている。前者は食欲として現れ、後者は性欲として現れる。そして、交尾中モリモリとオスがメスに食われちゃう昆虫があったり、産卵するとすぐに死んでしまう魚類があったりするところを見ると、生物にとっては種族保存のほうが至上命題であるらしい。とにかくこの地上に生きとし生けるものにとって、それが最大の義務らしい。

この種族保存の能力が消滅したとき、その生物の生物学的存在の意義も消滅したのである。人間も生物の一種である以上、この天命をまぬがれることはできない。

だから、人間の女性は、閉経期とともに生物学的存在意義はいちおう消滅したと見るべきである。女の閉経期は平均五十一歳の由。

男はどうなんだ、男は事情がちがうゾ——と口走る男があるかも知れないが、そんな異議は認められない。神さまが——いや生物学がそんな男女差別をゆるすわけがない。男女平等で男性の閉茎期も五十一歳とする。

「あとは用なしですか。祇園精舎《ぎおんしょうじゃ》の鐘の声、諸行無常の響きあり。……」

と、いったのは、いままで私の駄弁をきいていた編集者で、この前私のウイスキーガスによる大々的大往生案の話し相手になってくれた人である。

「沙羅双樹《さらそうじゅ》の花の色、盛者《じょうしゃ》必衰のことわりをあらわす、とはいうものの、五十一歳というのは少し早すぎやしませんか」

「これをヘイケイ物語という」

往生適齢期

ヘイケイ物語のつづき。

「女性の閉経は、もう子供を産まなくってもいい、という神さまのお指図だが、何もそれで人間としてすべての用が完了したというわけじゃない。動物には繁殖のほかに哺育《ほいく》という義務がある。乳を飲ませたり餌を運んだりする用だがね。だから神さまは、そのために人間に、なお余命を許された」

「余命……どれくらい？」

「他の動物なら数週ないし数カ月だろうが、人間の場合は発育不良でまあ十五年。十五歳くらいになれば最低限度自分だけは生きてゆけるだろう」

「これからは大人だとする昔の元服が十五歳前後だったからね。昔の人はよく見てる。いまはいつまでたっても未成年だ」

と、私はいった。

「なるほど」

「いま、女性の閉経は、もう子供を産まなくってもいいという神さまのお指図だといったけれど、それは最後の子供が自立できる期間を見込んでのことだ。五十一以後に産んじゃ、その許容期間からはずれる。この条件は男性にもあてはまるからね、男性のヘイケイ期も同じだとしたのは、決して僕の独断じゃなく、こういう意味からなんだ」

「ほう、そういうことになりますか」

「で、五十一プラス十五で、まあ六十五、六歳。これ以上は人類としてまったく用なしになる。これが人間は何歳くらいで死ねば適当かという問いに対する答えだ」

「六十五、六歳」

「ちょうどそのころ老齢年金がもらえることになっているんだ。そのあたりで消滅してくれればその必要がなくなってお国も大助かりだろう。これこそほんとにおめでたい。ヒヒヒ」

かくて私の「生物学」は、人間の往生適齢期を六十五歳とする断を下した……。

「しかし、あなたはそれを過ぎてまだ生きてるじゃありませんか」

「そういわれると当惑するんだがね。……いったいどうしたもんだろう？」

山田風太郎死す

このコラムを連載するようになってから、ずいぶん読者からのお手紙をいただく。数が多いのでいちいちご返事は出さないが、感謝しております。

「黙れプータロー！」というのもあれば、「風太郎流の毒が足りない」というのもある。中には給与支給明細書まで同封して政府の収奪ぶりを訴え、これをダンガイしてくれというのもあった。それはこちらもご同様で共鳴の至りだが、しかし、ここはそういう天下国家のことについて私憤公憤をもらす欄ではなく、私の「老いのクリゴト」を縷々《るる》述べる場所なのでその他のことはご容赦ねがいます。

「老いのクリゴト」だから、中身が明朗なものであるはずがない。しばらく陰気でウットウしい話がつづきますが、これもご容赦ねがいます。

十年ほど前、つまり私が六十歳を少し越えたころ、「私の死ぬ話」と題して、当時私の気にかかっていた身体の故障、あるいは将来私の死にそうな病気について随筆を書いたことがある。

そのとき私のならべた故障ないし病気は、脂漏性湿疹、脳溢血、歯、肺がん、心筋梗塞、胃潰瘍、肝硬変、ギックリ腰、尿路結石、便秘、足のイボ。

このなかには、そのときだけの異常で、その後自然に退却したらしいものもあるが、同じ対峙状態をつづけているものもある。

しかしそれから十年過ぎて、大事に至らず、とにかく私はまだ生きている。

むろんそのぶん老化はした。で、私は結局、自分は病気で死なず、全体として老化の極に達して死ぬのではあるまいか、と虫のいいことを考えたことがあった。

が、そうは問屋が卸さず、新しい障害が戦列に加わってきた。

白内障と書字困難症と前立腺肥大である。

眼と指の機能がおかしくなったのだ。それは作家として引導をわたされたにひとしい。

実をいうと私自身、ブラックユーモアで同年配の諸ジジ諸ババをカラカっていられる状態ではなかったのである。

白内障

近眼と老眼がうまくミックスして、私は十何年も、読むにも書くにも眼鏡不要の状態にあった。それが、二、三年ばかり前から、辞書の字が読めなくなった。

私は老眼鏡の度が合わなくなったのだろうと思い、新しい眼鏡を求めるために近くのデパートの眼鏡店へ出かけていった。すると、検眼のあと、眼鏡屋がいった。

「これは眼鏡屋の領分じゃなく眼科の領分らしいです。白内障の初期だと思います」

眼鏡屋の診断は当たっていたと思う。しかしそれっきり私は、まだ眼科医へいっていない。白内障は進行し、いまや私は、辞書は虫眼鏡を使わなければ見えず、新聞の文字も読みづらい状態になった。

それではこのエッセイの原稿はどうして書いているかというと、大体の見当によって書いている始末だ。

いちどこのエッセイを書くのに、原稿用紙が一枚だけ裏返しになっていて升目がないのを、眼がかすんでいるせいだと思い、真っ白な裏側に書いたことがある。——この欄の担当の記者の方だけが気づかれたはずだ。

白内障は眼玉でレンズのはたらきをする水晶体がにごる病気で、手術はいまわりに簡単なものだそうだ。作家の中でも故吉行淳之介さんをはじめ数人の方が手術を受けられたときいている。

それなのに、まだ私が眼科のところへゆかないのは、別にさしたる理由があるわけではない。読み書き以外の日常生活にこれといったさしつかえがないことと、それより私の天性の横着のせいである。

それに白内障も悪いことばかりではない。眼は、風景を見るにはよく見えるほうがいいが、人類を見るには、少しかすんでいたほうがいいようだ。

しかし、むろんこの病気をばかにしてはいけない。滝沢馬琴は六十代のなかばから右眼が白内障にかかり、やがて失明し、片目だけで『八犬伝』を書きつづけたが、ついで左眼も白内障となり、七十四歳で完全に盲目になってしまった。

書痙

もう一つ、ここ一年ほどの間に、急速に私を悩ましているものに書字機能の異常がある。白内障と同様、それでもこの文章を書いているではないかといわれそうだが、短い文章ならユックリ書けば何とか書けるのである。ふつうに書けば、クモが足をちぢめたような文字か、ミミズのたくったような文字しか書けないのである。

小説をあまりたくさん書き過ぎたせいじゃないかといった人があったが、私はそんなに書いたおぼえはない。量としては同年配の同業者にくらべて格段に少ないほうだ。

もしかすると、話にきく「書痙《しょけい》」とはこれではあるまいか、と医学書をひらいてみると、

「他の動作には支障はないが、書字、タイプライター使用、楽器演奏などに際し、不安が生じて円滑な動作が困難また不可能になる状態。神経症の一種。書字を主たる職業にする者に多い」

と、ある。

おそらくこれだろう。

しかし神経症といわれても、ここ一年ばかりの間に突如発生したこの奇病に、何か心理的原因があるかどうかふりかえっても、思いあたるものは何もない。

書痙という病気に、治療法なんてあるのかな？

そういえば私のこの異常を、コラムニストの山本夏彦氏のところで話題にした編集者があって、山本さんからご伝言があった。

山本さんもご体験があるそうで、それはプールにはいって、泳がなくていいから歩きまわるといい、という治療法であったが、さて私がいまだかつてプールなんてものにはいったことがない男である上に、それじゃあ風呂にはいって手を動かしてりゃおんなじじゃないか、などふとどきなことを考えて、まだご教示を実行するに至っていない。

先日たまたま、能登に住む友人の外科医から電話があったので、書痙発生のメカニズムと治療法をきいたら、グデングデンに酔っぱらっていて、「そりゃ老化だ！」とわめくばかりで何の役にもたたなかった。

前立腺肥大

十年前作った私の病気のブラックリストになくて、近年あらわれた新顔の第三、それは前立腺肥大である。

前立腺とは膀胱の下に接する器官で、精液の液体部分を分泌し、分泌しなくなれば小さくなって然るべきなのに、老化すれば逆に肥大して膀胱を圧迫し、ために排尿が頻繁になる。いわゆる小便が近くなる現象が起こる。

二年ほど前からのことだと思うが、私の場合、三〜五時間毎にトイレにゆくのを必要とし、尿意が起こると数十秒の余裕も許さない。

このため老人たちの多くが不眠におちいり、また老人病院で患者にオムツをあてがうことになる。

ところが私は、何とかこの憂き目を味わうことなくすんだ。なぜか。私の夜の過ごしようのおかげだ。

私は毎日、晩酌を飲み晩飯を食って寝る。そして夜半に目ざめ朝まで書斎で起きている。これは仕事に関係なく何十年もの習慣である。

この習慣のため、ひどい目にあうこともある。いつぞや房総のホテルに一週間ほど泊まって、毎晩夜半に目ざめて往生した。

ホテルで夜半目ざめてもどうしようもない。そこで部屋の冷蔵庫をあけてウイスキーをとり出して飲んだ。眠るためである。ところでホテルの冷蔵庫には氷などはいっていない。そこでやむなく生《き》のまま飲んだ。そうしたら胃炎を起こして、一週間ちかく、山海の珍味をならべた夕食を横目で見ながらほとんど絶食で通した……。

こんな悲喜劇を招くことがあるとはいえ、世の中にはピンからキリまでいいこともない代わり、ピンからキリまで悪いこともないものですね。

このおかげで私は夜間頻尿《ひんにょう》の苦からまぬがれていたのである。私の書斎のすぐ外にはトイレがある。そこへ三〜五時間毎にかよっても、ほとんどトイレにいったという意識がないくらいなのだから。

自宅なればこそのありがたさだ。ところが同じ自宅でもそうはゆかない場合も生じた。

シビンで乾杯

信州蓼科の白樺湖近くのミズナラの林のなかに山小屋があって、この三十年来、毎年の夏二カ月ほどそこで暮らすこととしている。

一階は四室、二階は一室で、私はその二階を書斎兼寝室にしている。この二階にはトイレがなく、用を足すためにはそのたびに階段を上下しなければならない。書斎のすぐ外にトイレがある東京の家のようにはゆかない。

この階段がやや急なのである。そして、この山荘をつくるときにはこの世に存在しなかった孫なるものがその後五人も発生して、東京からやってきてあぶなっかしい足どりで二階に上がってきたがるのである。そこで十何年か前に、階段に手すりをつけた。

ところが幼児というものは、ヨチヨチ歩きでも案外用心ぶかいもので、ころがりおちた子は一人もなく、そのうちこちらが年をとって足もとがあやしくなり、そのために手すりが有用になった。

それにこの階段がギーコギーコと鳴るのだ。階段の両側の階下の部屋には、東京からの客が泊まっていることが多いのだが、きっとこの音で眼がさめるだろう。

というようなわけで、蓼科では数年前から、夜、私はシビンを使うようになった。

ふつうシビンと呼んでいるが、正しくはシュビンというそうな。漢字では溲瓶と書く。溲とは小便のことだそうだが、こんなことはお医者さんも知らないだろう。よくこんなむずかしい字をとり入れたものだ。

何はともあれ夜半から朝まで、二、三回はこのシビンのご厄介になる。一回分が終わるたびにフタをしてバルコニーに出しておき、朝になってから全量を捨てて洗うことにしている。

その都度その都度の量は少ないから、朝までにちょうど一杯になる。

満杯になったものを眺めると、黄金色のきらめきといい、泡のたちかたといい、ビールそっくりだ。靴のかたちをしたジョッキがあるが、あれに似ていないこともない。

感心なことに把手までついている。それを握って高くかかげると思わず「カンパーイ!」と叫びたくなる。

人体の奮闘

満杯のシビンをかかげて、「カンパーイ！」と叫びたくなったというのは、ふざけているのではない。本気である。その小便の量に感心したのである。

ふつうの人は、夜寝る前にトイレにいって、朝まで眠っている。腹の中にシビン一本分の小便を入れて、平気な顔でイビキをかいているのだ。驚くべき膀胱の容量であり、腹腔《ふくこう》の余裕である。

いちどシビンを洗ったついでに、ビール瓶に満たした水をいれてその容量を測定したことがある。口が横なりについているので正確には測れなかったけれど、大体ビール大瓶一本半は入るようだ。

――夜中から朝までに、七十を越えたオレが、これだけの小便を生産したのだ！

私はあらためて自分の身体の機能に感じいった。ちなみに人間の一日の尿量は平均一五〇〇cc。ビール大瓶で二本半というところか。

小便には限らない。ほかの排泄物もある。また排泄作用ばかりではない。

人間の脈搏数は、時と場合によるが、毎分平均七十から七十五、これが八十年間つづくとすると、私の大ざっぱな計算では三十億回前後。この回数、心臓は搏動するのである。これほど丈夫な機械はどこの工場にもあるまい。

また肺は、無数の肺胞の蜂の巣のような集合体だが、この肺胞の内面を合計すると三十坪くらいになるという。三十坪というと小住宅なら一戸建ての敷地にもなる面積だ。この面積で肺は毎分十五から二十回、呼吸によって酸素をとり入れているのである。

その他、消化、分泌、血液循環、等々、思えば人間はなんと厖大精妙なからくりから成り立っていることだろう。人体を小宇宙に譬《たと》えたテレビ番組があったが、まさしくその通りだ。小便の量など、そのあらわれの一端にすぎない。

この人体の超人的（?）活動に敬意を表し、それに応えなければ人間ではない。

私はシビンを捧げて感激し、自分の身体をもっと大事にしなければならないと思った。

五トンのゆくえ

シビンを満たす小便の量を眺めて、人体讃歌をとなえてりゃ私も幸福なのだが、あるひとつのことを考えると、きっとその反対の想念が浮かぶのが私の悪いクセでありましてね。

それは、これほど厖大精妙な器官を八十年前後運転し、果たして人間はその甲斐ある仕事をやっているのだろうか、という疑問である。人体の器官の全力運転は、壮大なるムダ働きではあるまいか、という疑念である。

また私の人体の数量計算になるが、人間が一日に排出するウンチは平均百五十グラムの由。

すると八十年では五トン近くの排出となる。

それだけ排出して、さて何をやったかということより、ひょっとしたら人間の最大の事業は一生に五トンの肥料を生産したことではあるまいか、と考えたこともあったが、いつのころからかみんな水洗トイレになって、この自己満足も空しくぞ失せたりける。

しかし冗談ではなく、この人体機能ひいては人間ムダ働き観は、私の死生観につながっているかも知れない。

とにかく私は以上述べたような障害をかかえている。――このエッセイの冒頭に「遠雷の音を聞いている」と書いたのは、そのことを意味している。

白内障と書痙と前立腺肥大と――みんな老人病だ。前立腺肥大のごときは男性高齢者の八〇パーセント〜九〇パーセントがかかるといわれる。

どれもがおのれの職分を使い果たした現象と思われるが、その犠牲の上に私が一生やった仕事を考えると、眼球や指や前立腺の諸君に対して顔向けができない。

それなのに私は、彼らの労にむくいるために医者にゆくこともせず、かえって彼らを難儀させるような日々を送っている――。

たばこと酒である。

たばこと酒はここ五十数年切らしたことがない。

とにかく歩いていようが横たわっていようが、息する代わりにたばこをのんでいる。切れ目がないから一日に何十本吸うか勘定したこともないありさまだ。

疑問符描く紫煙

いまアメリカでは、私宅以外はほぼ全面禁煙の状態にあるらしい。日本でも、町ではあまり大きな顔をしてたばこはのめない風潮になっている。

理由は重々わかっているので、こちらも声を大にしていうわけではないが、それでも長年の愛煙家として、若干の疑念があるのである。何とやらにも三分の理があるというが、その疑問を二つ、三つ。

第一は、アメリカがそれほど全国的禁煙運動をやるなら、なぜたばこを大々的に輸出するのか、ということだ。いつか日本の旧専売公社がアメリカたばこを敬遠するように小売店に内示を出したら、アメリカはたちまち怒って吼《ほ》えたてた。げんに私ののんでいるたばこの半分はアメリカたばこの「ラーク」である。

おそらく国内で制限するだけ、そのぶん輸出にシャカリキになっているものと思われるが、その矛盾をどう説明するのか。もっとも、二つの物差しを使うのはアメリカの特技であるが。

第二は、私は六十年近くたばこをのんでいる。それもただののみかたではない。尻《しり》からケムが出るほどのんでいる。にもかかわらずまだ肺がんにならないのはどういうわけか。

そういえば故梅原龍三郎画伯や映画の市川崑監督の写真で、たばこをくわえていないものを見たことがない。それなのに梅原画伯は九十八歳で大往生し、市川監督は八十を越えていまも大健在ではないか。

モノには何事も例外がある、という説明はあまり科学的ではない。

第三は、疑問のむけ方が少しちがうけれど、これだけたばこのみは人類の敵のごとく指弾されているというのに、昨年末のＪＴの調査によると、日本人の成年男子の五九パーセントはたばこをのんでいるという事実だ。右の「例外」をアテにしているのか、それとも案外長生きしたくない連中が多いのじゃないかという疑問まで湧く。

こういう疑問もいだくのだから、私もたばこ有害説を頭から否定しているのではない。常識的に考えてケムリを吸って肺にいいわけがない。

小原庄助さん

私の書斎は、いわゆる紫煙のヤニのために、壁も天井も机も書架も飴《あめ》色に染まっている。じかに煙を吸いこむ肺はどんなになっているか知らん。

と、首をひねりながら、きょうも私は盛んにモーモーと紫煙を噴きあげている。

もう一つ、みずからの所業ながら、脳中に疑問符がゆらめいていることがある。毎日、酒を飲む習慣だ。

夕方、ウイスキーのオンザロックを、ボトル三分の一ほど、二時間くらいかけて飲む。それから、この前書いたように一睡して夜半に目覚め、朝まで起きている。そしてまた眠って昼ごろ起きる。

この朝の眠りが問題なのである。

頭は眠いのに、身体は眠くない、あるいは身体は眠いのに、頭は眠くない。とにかく前夜数時間は寝ているのだから当たり前かも知れないが、ふとんのなかでいつまでも悶々《もんもん》としていることが少なくない。

そこであるとき、ふと考えた。——晩酌のときはいつもスムーズに眠りに入れるじゃないか。それなら朝、酒を飲んでも同じことだろう。

私は、ニュートンがリンゴの落下を見たときと同じ大発見をしたような思いになった。毎で、朝も酒を飲んでみた。果たせるかな、いとも安らかに眠りに入れる。かくて私は、毎日朝酌——そんな言葉はないが——することになってしまったのである。

ただ催眠に好都合というだけではない。晩のウイスキーとは趣を変えて日本酒にしたが、因果なことにこれがウマい。

晩酌のとき私は、そのおかずとして肉や魚やチーズなど、いわゆるごちそうと呼ばれるものをならべるのが好きで、これが一日じゅうで唯一の栄養源となっているが、朝酒のときはなんと梅干し二個ですますこともある。

梅干しなんて、戦中戦後の飢餓時代にも食べたことがない。しかるにこの朝酒のツマミとして試みて、その味の絶佳なことをはじめて知った。

アル中ハイマー

日いまだのぼらず、星なお凍る多摩丘陵の春暁、また薄明の森を山鳥の第一声がつん裂く蓼科の夏の夜明け方、梅干し二個を菜に、大ぶりのコップになみなみと満たした琥珀の般若《はんにゃ》湯《とう》を傾ける。あたかも孤高の山僧と化したココチがする。

しかるのち、神韻《しんいん》ひょうびょうたる眠りに入る。

あえてこの快事をなし得るもの、それは独裁者にあらず大富豪にあらず、天上天下ただ日本の市井の一戯作者あるのみ、善哉《ぜんざい》善哉。——と、酔っぱらって悦に入っていたが、そのうちまた、いや、待てよ、と首をかしげて考えはじめた。

朝っぱらから酒を飲んで、夕方からまたウイスキーを飲んで、その間は身体のどこかにアルコールの気が残っている。仕事をするためには眠らなければならぬ、眠るためには酒を飲まなければならぬ、と称していたが、これじゃ何のために眠るのかわけがわからない。酔生夢死とはこのことじゃないか。

朝、酒を飲んで眠ることを、ニュートンの大発見のごとく自分で感心していたが、それまでそんなことをやらなかったのは、それじゃアル中になってしまうと自制が働いていたのである。

朝酒をはじめてから、

「夜明けの酒はいいよ。まあやってごらん」と、私が気楽な顔で編集者に話し、相手が、

「こっちは一日じゅう酔っぱらってるわけにはゆきませんよ」

ブゼンとして答えるのに、

「しかしこんなことをやってると、アル中ハイマーになっちまうかも知れんね」

と、笑ったものだが――。

「アル中ハイマー」は、私の造語だ。

われながら面妖《めんよう》な行為は、ちかごろめっきりふえた。夕方五時以降は晩酌の時間となるが、そのとき客があると、「これからは僕の言動に一切責任は持たんからネ」と、ことわることにしているが、電話などかかってくるとそうもゆかず、しかしその電話の内容はきれいさっぱり忘れてしまう。

酒往生

「日は日くれよ
夜は夜明けよと啼蛙《なくかわず》」

この蕪村の句をもじって私は、

「日は酒くれよ
夜は酒くれよと啼蛙」

というみずからを笑う句を作ったが、しかし私はまだアル中の段階に達していないと思っている。

「白玉の歯にしみとほる秋の夜の酒はしづかに飲むべかりけり」

この有名な酒への讃歌をうたった若山牧水は、昭和三年四十三歳で死ぬ三日前から、

「クモがいっぱいいて、イヤだな」

と、空をかきはらうような手つきをしはじめた。アルコール中毒特有の幻覚症状だ。そうなっても彼はなお酒を求めた。死ぬ当日も朝から五合の酒を飲み、アルコールによる口内炎で真っ白に腫れた唇に酒を塗ってもらった。

ここまでいっちゃ大変だ。

私は現在はアル中なんかではないと信じているが、毎日、朝酒晩酌をやっていると、将来

そうなるおそれは充分あると考えて、なるべく朝酒はひかえるようにした。

いまでは三、四日に一日くらいだ。それでいて、朝酒を飲まない日、べつに禁断症状が起きることはないのだから、これでもアル中なんかでないことがわかる。

まあ、三、四日に一日の朝酒でもよくないにはちがいないが——。

それにしてもである。酒聖というか酒狂というか、また若山牧水の話になるが、妻の歌人喜志子は日記に書いている。「牧水はついに（九月十七日）午前七時五十八分不帰の客となる。静かなる臨終なりし」

また死後三日で主治医も記している。

「滅後三日ヲ経過シ、而《しか》モ当日ノ如《ごと》キハ強烈ナル残暑ニモ係《かかわ》ラズ、殆《ほと》ンド何等ノ屍臭ナク、又顔面ノ何処ニモ一ノ死斑サヘ発現シ居ラザリキ。（斯《かか》ル現象ハ内部ヨリノアルコホルノ浸潤ニ因ルモノカ）」

なぜのむか、実は万病いずれもラクでない死に方の中に、これならアル中による死も悪くないといわねばならぬ。

いや、驚いた。

禁煙運動をちょっとひっかいてみたら、ゴウゴウたる非難の嵐だ。

私としてはあらかじめ、「禁煙運動の理由は重々わかっているので、こちらも声を大にしていうわけではないが、何とやらにも三分の理があって」云々と煙幕を張っておいたのだが、そんな三分の理など耳に入らばこそのけんまくである。

しかし、にくまれ口のついでに、もう一つイタチの最後ッペを放たせてもらおう。それはシャーロック・ホームズはいつもパイプをくゆらし、コロンボはいつも安葉巻をくわえ、銭形平次はいつも煙管《きせる》にたばこを詰めているということだ。それは架空の人物ではないか、といわれるかも知れないが、それだけに「考える人」の象徴的な姿として意味を持っている。

禁煙党のけんまくに驚いたといったが、実は私はそのことも予想していた。

それなのに、なぜぬけぬけと私は自分のヘビイスモーカーぶり、大酒飲みぶりを書いたか。四六時中たばこを口から離さなかったり、朝酒晩酌を欠かさなかったりする習慣が身体によくないことは百も承知の上です。それなのに、なぜその習慣をやめないのか。

習慣だからやめられないということはある。成年男子の五九パーセントがいまなお喫煙者だというのもそうだろう。私の場合も理由の半分はその通りだが、あと半分は別の理由がある。それはちょっぴりおっかない理由だ。

私は愛煙論を鼓吹するために、引かれ者の小唄のようなイチャモンをつけたのではない。いまやいろいろと老人病を発しつつある身体に、首吊りの足をひっぱるように——その首吊りは私自身なのだからこの形容はおかしいか——盛大にたばこをのみ、酒を飲んでいるのは、どこか長生きしたくない望みがあるせいじゃないかと思われるのである。

——七十三まで生きて、何を言っとるか！

ちょっぴり厭世

世にはみずから死を望む人間があるだろうか？　ある。

何らかの責任感や罪悪感や失意、絶望から、あるいは対人的トラブルによる煩悶など、原因は千差万別だろうが、私の見るところ、「いっそ死んでしまいたい」など口走る一時的興奮者も加えると、成年者の三割くらいはあるのじゃないかと思う。これらの自殺願望は、事態が解決すれば消滅する。

それとは別に、この人間世界には、べつに何の外因もないのに、先天的に死に憑かれたような人々がいる。芥川龍之介とか太宰治とか、あるいは三島由紀夫などもそうであったかも知れない。常人以上の活動をしながら、突如彼らはみずから死をえらんだ。彼らは生よりも死に憧憬を持っていたとしか思えない。

実は私も、意識の底にいつも死が沈澱しているのを感じている人間である。

だから私は彼らに漠然たる親近感をおぼえる。しかし、決して同族ではない。

かつて私の作った死についてのアフォリズムのなかに、

「自分と他者との差は一歩だ。しかし人間は永遠に他者になることはできない。

　自分と死者との差は千歩だ。しかし人間は今の今、死者になることができる」

と、いうのがあるが、死へ直通する道を実際に疾走した彼らと私とのあいだには千歩のちがいがある。

私に「あの世」への親近感などない。それはないが、「この世」への違和感ならある。いわゆる「厭世観」というやつか。ただし、ほんのちょっぴりとだが。

ほんのちょっぴりだが、この深層心理が私に平然とたばこをのませ、大酒をのませる原動力になっているようだ。

＊

ここまで書いて、私の生存上、重大事態が発生した。

私は医者から宣告されたのである。

「近いうちあなたは、盲目になるか、死ぬかだ」

字引はおろか、自分の書いた文字さえ読みかねるありさまに辟易して、私が横着な腰をあげてM・S病院の眼科を訪れたのは、去る二月半ばのことであった。白内障の手術を受けるためである。

白内障の手術は比較的ラクな手術だときいていたので、私はたちどころに鮮明な視力をとり戻すものと期待していた。

ところが、強烈な照明で網膜をのぞいたお医者さんが憮然として投げつけたのは、

「遠くない将来、君は死ぬか失明するかだ……ここまできては、もう回復しない」

という診断であった。

「白内障じゃないんですか」

「白内障もあるが、それより糖尿病だ。しかも末期の重症だ」

私の胸には驚きと、納得の思いが広がった。

驚きはむろん糖尿病という病気である。私は、糖尿病は肥満した人がかかる病気だとばかり思っていた。成年に達して以来、体重五十五キロを上下している痩身の自分は縁なき衆《しゅ》生《じょう》だとばかり考えていた。

「あなたは若いころ、医学をやられたそうですが、専攻は何ですか」

と、よくきかれることがあった。

「僕はそこまでいってないんだ。ただ医者の学校を出ただけだ」

「だから学校では何が専攻だったんです」

「いや、医者の学校では一応みんなやるんだ。外科も内科も精神科も産婦人科も……専門になるのは学校を出てからだよ。眼科だって眼だけ見てるわけじゃない。糖尿病で失明することがあるからね」

よくこんな問答を交わしながら、私は自分の糖尿病には気がつかなかったのである。

これが四十代、五十代なら、はてなと首をひねったろうが、七十を越えては当然、白内障はあり得ると、別にあわてもしなかったのだ。

それにしても、眼科へいって、糖尿病の診断をもらってくるとは——。

モノグサの代償

視力の異常は糖尿病による、というお医者さんの断定を、私は納得するとともに、もしかしたら、いくつかのほかの異常も糖尿病によるものではないかという疑いにとらえられた。

私が書痙《しょけい》と思いこんでいた書字困難症も、前立腺肥大と自己診断していた頻尿症《ひんにょう》も、糖尿病によるものではないか。——おそらく、そうだろう。

私の頭に、かつて自分の作った死のアフォリズムが浮かんだ。

「死は推理小説のラストのように、本人にとって最も意外なかたちでやってくる」

糖尿病とは意外であったが、しかしそれを医者に、死ぬか盲目か、とまでいわれるほど悪化させたのは、まさに私みずからが招いた事態にちがいない。

ここ数年来、私のきいていた遠雷の幻聴は、体内を粘っこく流れる血糖のぞよめきであったのだ。

糖尿病に日本酒の悪いことはいうまでもない。しかるに私は、「日いまだのぼらず、星なお凍る多摩丘陵の春暁、また薄明の森を山鳥の第一声がつん裂く蓼科の夏の夜明け方、梅干し二個を菜に、大ぶりのコップになみなみと満たした琥珀の般若湯を傾ける」などと、阿呆《あほ》陀羅《だら》経をとなえていたのだ。

いわんや、糖尿を満たしたシビンをかかげて快哉《かいさい》を叫んでいたのは、まるで精神病のカーニバルであった。

いや、愚行はそれ以前からある。

私は戦後五十年、いまだ定期検診というものを受けたことがない。人間ドックに入ったことはない。こんな人間は世の中に一人もなかろう。

理由はただ一つ、私の横着、モノグサ、面倒くさがりやだが、この横着は高くついたといわねばならぬ。

もう少し早く、初期白内障を自覚したころに眼科の診察を受けていたなら、と思わないではないが、まあ自分の性分のなせるわざだとあきらめるよりほかはあるまい。

ところで私は、晩年の漱石が相当重症の糖尿病にも悩まされていたことを、夫人の談話から再発見した。

あと何回の晩飯

漱石が大正三年、弟子の一人にやった手紙の中で「私が（生よりも）死を選ぶのは、悲観ではない、厭世観なのである」といっているのは、この間同じようなことを書いた私には興味がある。糖尿病にかかると、みんな厭世的になるのかも知れない。

同じ手紙で漱石は書いている。

「（私が）死んだら皆に柩の前で万歳を唱えてもらいたいと本当に思っている」

その漱石が、大正五年胃潰瘍でほんとに死ぬ直前には、自分の胸をかきひらき、

「早くここへ水をぶっかけてくれ、死ぬと困るから」

と、いった——。

ゲに、人間は自分の死について語ることはむずかしい。私だっていざという関頭に立てば何をいうか知れたものではない。

実はこの随筆は、私の老後のさまざまな感想をのべるために書き出したもので、別に憂鬱な老人病の話をするためではなかった。これから追い追い、老人には老人の愉しみがあるという事どもを語るつもりであった。

それが右の事情で突如不可能になった。こういう病気の話を書いていて、ドンピシャリ、その病気のためにエッセイの筆を止めなければならないとは珍しい例にちがいない。

このエッセイの総タイトルを「あと千回の晩飯」としたのは、何やら漠然たる予感があったからにちがいないが、あと千回とは途方もない見つもりちがいであった。

ともあれ、私の死のアフォリズムに、

「最愛の人が死んだ夜にも、人間は晩飯を食う」

と、いうのがある。

いわんや度しがたいモノグサ男の生死である。読者諸氏は安んじてあと一万回も晩飯を愉しみ候《そうら》え。

あいや、ご心配には及ばない。何カ月かの治療静養ののちケロリカンとした顔で、シビンに水割りウイスキーを満たし、性懲りもなく「カンパーイ!」とやっているかも知れない。

賛否こもごもご愛読を謝す。

意外また意外

いやあ、驚いた、驚きました。

——六カ月前まで、この欄にエッセイを書いていた山田風太郎です。

そのとき、このエッセイを突然のように中止するにあたって、私は視力が急速に低下したので、そのため眼科を訪れたら、それは白内障などではなくて糖尿病による眼底出血で、その症状は相当進行していて、もうもと通りには戻らない。放っておけば失明するか、あるいは合併症をひき起こして死ぬかどっちかだ、と宣告されたことを書いた。

身長が一メートル六十五で、体重が五十五キロという、どちらかというと痩身の私が、ふとっちょに多い糖尿病にかかるとは——と私はその意外さに驚いたが、それが失明ないし死を招くとは捨ててもおけず、エッセイを中止して糖尿病治療のため某大学病院に入院したことし三月のことである。

ある事情からその病院は、最初の眼科の診察を受けた病院ではなく、自宅に近いある大学病院であった。糖尿病の治療ならどこでも大した変わりはなかろうと考えたからだ。

前回までの随筆に私は、「死は推理小説のラストのように、本人にとって最も意外なかたちでやってくる」というアフォリズムをあげておいたが、自分で作ったアフォリズムでありながら、これがこれほど自分の身に的中して現れようとは思いがけなかった。

病院ではおびただしい検査ののち、お医者さんがいった。

「糖尿病といっても、インシュリン療法をやるほどじゃない。食餌療法でゆきましょう。そのために最低一カ月は入院してもらいたい」

それからいった。

「糖尿病よりパーキンソン病の徴候がありますね」

私はびっくり仰天した。

パーキンソン病とは、身体のバランスや運動機能を失い、最後は呼吸筋が動かなくなって死に至る難病である。

当初白内障くらいの軽い気持ちで病院の門をたたいた私は、思いがけず致命の病名を宣告されてしまったのである。

乱歩先生の病気

パーキンソン病という病気が、いまどれだけ知名度があるか知らん。

私は医学書でも、ほんの短い説明しかない数十年前からその病名を知っていた。江戸川乱歩氏がこの病気で亡くなられたからである。

直接の死因はたしか脳溢血で、昭和四十年七月末に逝去されたのだが、その三年ほど前のある深夜、乱歩氏知り合いの作家や編集者数十人に「ランポシス、シキュウオイデコウ」という怪電話をかけまくってきたいたずら者があって、私もその電話を受けた一人で、あわてて池袋の江戸川邸へかけつけたのだが、そのとき「来るべきときが来た」と感じたことをおぼえているから、その数年前から乱歩氏はパーキンソン病で臥床《がしょう》中であったに相違ない。

その病状については、友人の大下宇陀児《うだる》氏が次のように記述している。

「歩くところを見ると操り人形の足どりだった。足が身体を運ぶのではない。上体が倒れるから足が前に出るのである。つまり上体が足を運んでいる。そうして横に曲がると、自分一人では、すぐに転んだ。顔や頭の生傷をぼくは何度となく見ている。……時と共に全身の自由が失われる。遠慮なしにいえば、乱歩という置物がそこにあるだけのことになる」

当時は、難病と言わざるを得なかった。

そういえば思いあたることがないでもない。ここ三年ばかりの間に、年に一回くらいだが、散歩中路上でふいに転倒することがあった。しかもその転び方が棒を倒すような転び方である。私はそれを老化のせいだとばかり思っていたが、やはりあれはただごとではなかったのだ。

たまたま目にふれた小長谷正明著『神経内科』という本を見ると、パーキンソン病は脳のある部分の異変から生ずる病気で、異常の原因は不明、十万人に一五〇人くらいかかる病気だ、とある。

江戸川乱歩先生は私が実際に接触した人のうち最も敬愛する大人物だが、病気までそのまねをしようとはありがたいともいいかねる。

五十年ぶりの総点検

「昔とちがっていまは、パーキンソン病の非常にいい薬がありますからね」

と、病院のお医者さんはいう。

「それは心配ないのですが、それより山田さん、せっかくここにこられたのだからこの際、全身の検査をなさって、悪いところはぜんぶ治してゆかれたらどうですか」

と、うれしいことをいってくれる。

「糖尿病も思ったより軽いが、とにかく眼底出血を起こすほどの症状を呈している。いまのところインシュリンを使うほどじゃない。食餌療法のほうがいいと思う。そのためにも入院してもらったほうがいい。ま、一ト月くらいはね」

「そうですか。それじゃそうしてもらいますか」

私はわびしい笑いを浮かべてうなずいた。少年期のころから蒲柳《ほりゅう》のたちと見られ、自分もそう考えている私だが、ふしぎなことに戦後五十年、病気らしい病気をしたことがない。

三十年ほど前、いちどだけ腰痛で入院したことがあるが、そのときもビタミン剤を与えられて静臥《せいが》しているだけで、これといった治療は受けなかったようだ。私も腰痛の原因が立膝で原稿を書いたりするふだんの姿勢の悪さからきたものだと考えていたから、静臥も一つの療法だと心得て、一週間ばかりで腰痛が消えると、そのまま勝手に退院してそれ以来お医者さんにお目にかかったことはない。

いま五十年ぶりに、お医者さんから入院をすすめられて、私の頭にひらめいたのは、戦後五十年、なるほどここらで自分の身体を総点検するのも悪くはないな、という思いとともに、しかし遅すぎたかも知れん。すでにここまでに糖尿病とパーキンソンが指摘されている。いま人間ドックに入れば、全身総崩壊の状態にあるだろうな、という予想であった。

いま「悪いところはみんな治そう」というお医者さんの親切な言葉を受けて感謝しながら、そうはいっても三十代、四十代の身体に帰れるわけじゃない、何しろ七十三だからな、と私は心中わびしい笑いを浮かべたのである。

しかし私は入院することにした。

人を笑わば穴二つ

個室が空いたから、という病院からの連絡で入院したのは三月十七日のことだ。

その当日に心電図をとったのを皮切りに、翌日からさまざまな検査が始まった。その中にはCTスキャンやMRI（磁気共鳴断層撮影）などの脳髄を輪切りにした造影もあった。

その結果、あれほどタバコをのみ、あれほどアルコールをのむのに、肺も肝臓もきれいなことが判明した。脳もまずまず大丈夫らしい。

しかし、動脈硬化は相当なもので、また出血による網膜の損傷は、やられた部分の回復は望めないとのことで、糖尿病も重症ではないが、たしかに存在するから、まずそれを治療しなければならない。

かくて、まずレーザー光線による網膜の出血部分の凝固治療が始まった。

それで十何年か前、ある知人がこんど目玉を焼くことになったと騒いでいたことを想い出したが、あれはこのレーザー光線による治療のことであったのだ。そのときはひとのことだから詳しく事情もきかず、「それがほんとの目玉焼きだな」と、からかったが、人を笑わば穴二つ、いま自分が同じ治療を受けることになろうとは。

この治療を受けるために、何日おきかに眼科へゆく以外に何もすることがない。ひとりベッドに横たわったまま、私は妙なことを考えた。

江戸川乱歩氏がパーキンソンにかかったことはさきに述べたが、それ以外にも、どこで得た知識か忘れたが、藤原義江もそうだった。毛沢東も一時、うわさになったおぼえがある。

そこで毎日ようすを見にやってくる妻に、

「どうもパーキンソンというのは、悠揚迫らざるタイプの大人物がかかる病気のようだな」

と話したら、妻曰く、

「うちへきてた植木屋のおやじさん、もう何年も姿を見せないけど、たしかパーキンソンで寝たきりだと、息子さんが話してたわよ」

無為粗食の日々

最初の入院記。

入院はしたが、何もしない。どこも痛いところもかゆいところもないから、ただベッドに寝ころがっていただけだ。

眼底出血でやられた網膜はもうどうすることもできないから、活字が読みにくく、従って本も読めない。テレビを見るには支障はないから、これはよく見た。

しかし一日の生活の大部分は、ただぼんやりと時をすごした。小説のことなど頭の片隅にも浮かんでこない。だいいち私は幼少時から、ただぼんやりと時をすごしていることに何の苦痛も感じない性分であった。

それでもただ一つの治療を受けていた。糖尿病の治療である。その治療を受けるためにこそ入院したのだ。

この程度なら、インシュリンを使うまでもない。食餌療法でゆきましょう、とお医者さんがいった通り、三度三度病室に運んでこられるのは、まさしく糖尿病用のもので、極めてカロリーの低い食事であった。

朝食など、大根と人参をサイの目に切って煮たもの、大匙三杯くらいの味噌汁、海苔にみかん一個くらいで、昼、夕方はこれに魚の切り身一片を焼いたものが加わる程度だ。

これは戦争末期のころの食事だ、と私は考えたが、とにかく戦後五十年、こんな食事をしたことはない。

私はふだん小食のほうだからこれでも何とか足りるが、大食の人は――糖尿病にはこれが多い――これでがまんできるか知らん？　もっともこれが糖尿病の食餌療法だ、と一喝されれば返す言葉もないが。

無為粗食の日を送ること約一カ月、あゝら不思議や、いや当然か、血糖値が健常人と同程度に下がってきたようだ。

約束通り、私は退院した。

退院するとき病院のほうから、退院後も糖尿病の食餌療法は厳守するようにと、こんこんと注意されたのだが、それまでの低カロリーの反動もあって、そのタブーを守るどころではなかった。特に禁制きびしかったタバコやアルコールについても然りであった。

幻覚に生きた十日間

四月十五日に退院して二カ月ほどたってから、突然私はまた再入院する羽目におちいった。こんな奇怪な出来事に襲われたのははじめてだ。気がついたら私は、またもや同じ病院のベッドの上に横たわっていたのである。

六月十二日のことだ。突然私は眼をすえて空中を凝視し、何かをつかみとろうとするような手つきをしはじめた。家内が「何してるの」と問いかけても、はかばかしい返事もしない。家内はうす気味わるがって病院に連絡した。すぐ連れてこいとのことで、家内は私を車にのせて、一時間あまりの病院へ運んだ。

到着すると私はすぐに排泄の用を訴えた。看護婦はベッドの上で用を足すように命令した。すると私は大反抗の挙に出て、ベッドをとりかこむアルミニウムの柵をのり越えて出ようとし、外側にころがり落ちた。そのとき大腿骨の骨頭を欠けさせてしまったらしい。

実はこの年甲斐もない武勇伝は、あとになって知ったことで、私にはその前後十日間ほど、入院のため車で運ばれたこともふくめて、何の記憶もないのである。

その間私は幻覚にうなされていた。悪夢というにはあまりにも迫力のある映像だ。

あとまで記憶に残っているその一つは、私は別の部屋にいて、排便するために大至急自分の病室に帰らなければならないが、四肢がしびれていて一メートル這うにも渾身の力を必要とする事態と、もう一つは、すぐ目の前をいろいろな人間や道具が次から次へ通りすぎてゆくのだが、その下半分はみなトイレットペーパーみたいにちぎれていて、つかまえようとしても空をつかむだけという悪夢であった。妙な手つきはこのためだったらしい。

私は秩序のある夢を見ることが普通人より多いような気がしているが、ふしぎなことに自分が恐ろしい立場に追いこまれたような夢は少ない。たいてい相手をおどしたり追いつめたりする夢が多い。これは自分が案外気が強いせいか、あるいは気の弱さを夢で代償しているのかわからないが、とにかくこれほど生々しい、迫力のある幻覚に悩まされたことはない。

悲しすぎる一片の布

私は妻に、自分の幻覚の話をした。妻はそれを担当医に話した。それをきいたお医者さんは、「ははあ、やはり出ましたか」と、うなずいたそうだ。

私は家にいる間も、病院からもらってきた五、六種類の錠剤を一日に三度服用していたのだが、そのなかにパーキンソン病の進行をとめる薬もはいっていたらしい。そしてその薬は、患者や量によっては幻覚をひき起こす作用を持つものがあったらしい。

「それじゃ、今後はその薬はやめましょう」と、お医者さんはいい、それ以来私の幻覚現象はとまった。

私が恐れいったのは、幻覚以外にもまだあった。毎日の排泄の用だ。

大腿骨の骨頭を傷つけたために、私は一歩も歩けなくなっていたのだ。トイレは同じ病室の三、四メートルの場所にあるのだが、そこへゆくことも、しゃがむこともできないありさまになっていたのである。

こうなると人間どう抵抗しようと、一片の布きれに助けを求めるよりほかはない。ベッドの上での排泄をごめんこうむろうとして、かえってベッドの上での排泄を余儀なくされる羽目になったのだから、思えば馬鹿馬鹿しいまねをしたものだ。

それでも私の場合、とにかく骨の損傷という原因があったのだが、しかし考えてみると、いかなる病気、傷害であろうと、最後までトイレにかよって自分で始末できる人が何パーセントあるか知らん。

私は、急死でもないかぎり、七〇パーセント以上はオムツをあてがわれて死を迎えるのじゃないかと思う。

およそ死の床にある人間を最も悩ますものは、病気そのもののほかに、残してゆく遺族の運命、多額を予想される場合はその治療費、そして排泄の始末だろう。

それは彼自身の尊厳性に直接かかわる問題だからだ。

永遠の死出の旅に出《い》で立つのにオムツのコスチュームとは、あまりにも滑稽《こっけい》すぎる。

最後の抵抗もむなしく

詩人の萩原朔太郎は、昭和十七年冬風邪をひいて、それがこじれて床から離れられなくなり、五月十日には肺炎をひき起こして高熱を発した。娘の葉子は書く。

「目を覚ますと声にもならない声で父は苦しそうに顔をしかめて、便意を告げた。シーツには布を置いてあり、そこへするようにと祖母や看護婦はいうのだが、お手洗に行かせてくれと口の動きで伝える。しかたなく二人がかりで両側から枯木よりも細い父の身体を抱きかかえ、やっとのことで連れて行っても、神経質な父は用を足さないで帰り、またすぐ便意を告げるのである。

ここへしなくてはだめですと何度も叱るようにいうと、父は力なく首を振り宙をまさぐるような手つきをして、最後の願いだという気持を表わす。そして続けて三度目の時は、両側からささえられた足は宙に浮き、まったく力を失い、遂に用を足さずにがっくりと蒲団に寝かされ、呼吸は早く乱れあえいでいた。……」

私の作品『人間臨終図巻』からの抜粋だ。文字通り便意との死闘である。以下は、『明治天皇紀』による。

明治天皇は明治四十五年七月十九日、夕食後椅子を立ったが、ふいによろめいて倒れた。翌朝早く侍医たちの診断が発表された。それによると天皇は数年前から糖尿病、慢性腎臓病の持病あり、今回の発病は尿毒症による、というものであった。

「……御精神恍惚《こうこつ》として御意識明確ならず、時々囈語《うわごと》をおもらしあり、これを察するに目下のところ御容態は御危篤にあらざるも、御大患なりと認む」

数日後の夕《ゆうべ》、便意あり。天皇は厠《かわや》に立とうとし、典侍柳原愛子ら驚いてこれをとめようとした。天皇は便器を使うのを厭《いと》って争った。主馬頭《しゅめのかみ》子爵《ししゃく》藤波言忠《ことただ》の苦諫《くかん》ほとんど臣従の道を忘れるもののごとく、天皇は抵抗の力を失い、やむなく褥中《じょくちゅう》で排便した。

私は瀕死の床についたわけではないが、ベッドから一歩も外へ出られない点では、右の人々と変わらない状態におかれたのである。私にとっては糖尿病にまさるとも劣らない大難であった。

思い出す戦時中の食事

トイレにゆけないということは私にとって大難であったが、そのあと始末をする看護婦さんにとっては、それ以上の大難であったろう。

その委細を語る勇気はないが、何はともあれ担当した看護婦さんたちに感謝と感嘆の頌歌《しょうか》を捧げる。特定の一人ではない。数人交替しての作業だが、どの人も二十代の若さなのにいやな顔一つ見せず、ベッドの上の病人をほとんど動かさず布を交換する手際は、まさに神技ともいうべきみごとさであった。

もう一つ、私にとって難儀となったのは、これは「出る方」でなくて「入れる方」だが、やはり食事だ。

糖尿病の治療にインシュリンを使わず、食餌療法でゆくという方針がきまった以上、その通りのカロリーを制限した食事が配られるのに、私は不平はなかった。

たとえば朝食の例。大根と人参をサイの目に切って、煮たもの、ホーレン草ひとつまみ、味噌汁大匙三杯くらい、海苔にミカンというようなメニューにも、これは治療だと思って平気であった。

太平洋戦争末期、私は医学生であったが、学校とともに信州飯田に疎開して、宿屋を寮としたものに住んでいたが、そのころの食事をメモしたものが残っている。

「昭和二十年七月三十日、朝は豆三勺《じやく》、米三勺の飯に、湯呑茶碗一ぱい程度の味噌汁。昼は飯は朝と同じく、菜は大豆を煮たもの小皿一皿。

夜は朝食の飯量の半ばをかゆにせるもの。これに卓のまんなかに小皿ありて、黒き唐辛子の葉を煮たるものを載す。

三十人でかゆ啜りつつ、餓鬼のごとく一口にこれを食うなり。考えてみれば、これで動き勉強しているのが不思議なり」

当時私は二十三歳であったが、体重は落ちて四十八、九キロになっていた。

「それにくらべりゃ、これはごちそうだ」

糖尿病食のカロリーは、体重から割り出して決めるらしい。その数値もきいたはずだが忘れてしまった。

ものは相談ですが……

糖尿病食には、その目的はもちろん、量も味も、はじめは充分納得していたのだが、それが——十日たち、二十日たつうちに、しだいに動揺してきた。

糖尿病食というのは、カロリーは制限してあるが、全部たいらげることによって栄養は保持できると計算してあるのだろう。

それが、三度三度全部をたいらげるどころか、しだいに二割くらい残し、そのうち三割を残し、はては五割も残すようになったのである。

食欲がないわけではない。

実に申しわけないことだが、出される食事の味に飽きてきたのである。

私はふだん一日二食だが、それも御飯だけ食べているわけではない。パンを食べたり、うどんやそばを食べたりして変化をつける。が、病院のキッチンがそんな斟酌《しんしやく》はしない。病院食はほかにもいろいろあるのだ。それに糖尿病食の場合レパートリーが単純だから、どうしても味も同じになる。

それから私の食事は一日二回なのだが、夕食の際コップ一杯のウイスキーを飲む。そのときの酒のサカナとして肉や魚や乳製品をとり、それが私の唯一の栄養源となっている。ところが病院ではむろん酒タバコは厳禁である。病院の昼、夕方のメニューは、朝のメニューに焼き魚の切り身、茶碗むしなどを加えた程度のものだが、それが酒がないものだから、のどを通らないのである。

そこでお医者さんに、私の食欲不振について相談した。

「あなたは僕をアル中と認めていられるようですがね。きょうで酒を断つこと十何日かになりますが、別にふるえも来たさなければ、昆虫の幻覚を見ることもない。その他別に禁断症状は起きないようです。食欲増進剤として少しアルコールを摂取してもかまわんのじゃないでしょうか」

糖尿病で入院した男の図々しい晩酌請求である。お医者さんはいった。

「アルコールを飲まなければ食欲が出ないのは、それが禁断症状です」

長生きするには努力が要る

入院の身でありながら晩酌を飲ませろという糖尿病患者の図々しい要求は、お医者さんによって笑絶された。

おかげで、私の血糖値は一進一退しながら、次第に正常値に下がってきた。粗食で戦時中の食事を思い出したが、そういえばそのころ開業医をしていた叔父が「戦争中は患者が少なくて困った」と、何度かこぼしていたことを思い出すが、戦時中には糖尿病も少なかったのかも知れない。

が、身体のほうはみるみる痩せてきた。ふとももやふくらはぎなど、シャベルで削いだようにに肉が消え、歩こうとしても歩けない状態になった。

もっとも私は大腿骨を傷つけており、動くには車椅子を必要としたのだが――。

さきに私は、自分の行動範囲はベッドの上に限られたといったが、実は一日に一回リハビリに通うことを命じられていたのである。病室とは階がちがうので、その往来は車椅子を必要とした。車椅子などいうものに乗るのも生まれてはじめての体験であった。

リハビリ室には、いつも十人内外の患者がいろいろな器具で不自由な手足を動かしている。老人が大半だ。万葉集の山上憶良の「……身体はなはだ重く、なほ鈞石《きんせき》を負へるがごとし。布にかかりて立たむとすれば翼折れたる鳥のごとく、杖によりて歩まむとすれば足跛《な》へたる驢《うさぎうま》のごとし」という老いを嘆く文章が、決して大げさな表現ではない光景であった。

私もそれに混じって乳母車のごときものを押して歩かされた。私は以前から、長生きする人は牢屋に入っていても長生きする、という信念をいだいていたが、こういうリハビリの風

景を見ながら、

「長生きするのはやはり努力が要るもんだな」と、つぶやかざるを得なかった。禁酒禁煙も努力のうちにはいるだろう。

とにかくおかげで折れた骨はいつのまにかつながっていた。しかし二度目の入院の二カ月が終わるまで、私は車椅子から離れることができなかった。

リハビリ横着男

故田中角栄さんの最後の病状について、私はそれほどつまびらかに知っているわけではないが、とにかく脳梗塞で半身不随になったあと、医師団がリハビリを熱願したのを、そのリハビリが角栄さんの尊厳性を傷つけるたぐいのものであったので、娘さんの真紀子さんがこれを拒否したようないきさつがあったと記憶している。

そのために角栄氏はついに半身不随の運命からのがれられなかったのだが、しかし真紀子さんの決断を愚かとは私は思わない。父の誇りを思うならさもあらんと理解する。

私だったら、さてどうするか。

人間はただ未来を覚悟するのと、いざ現実に切迫した事態に直面するのとは心理状態が一変するもので、たとえば吉田松陰なども最後の遺書『留魂録』に「身はたとひ武蔵の野辺に朽ちぬともとどめおかまし大和魂」と詠んだのに、いざ斬首《ざんしゅ》の刑を宣告されると歯をかみ鳴らし、縛られた縄をふりちぎらんばかりにしてあばれたという話がある。

いわんや私などどう変わるかアテにならないが、あんまり屈辱的なリハビリを命じられるなら、死期を早めてもそんなリハビリはごめんこうむりたいと考えている。などいいながら現実には乳母車を押して歩いていたのだが。

いまジジババ連がいろいろなリハビリに苦闘する風景を眺めながら「長生きするにも努力が要るなあ。懐手をしていて長生きできるなら、おれも長生きしてもいいんだが」と、私はつぶやいた。

懐手で思い出した。だいたい私は努力という言葉も行為もあまり好きでない。「頑張る」という言葉も然りである。

少年のころから努力や頑張りに抵抗を感じていた。たいていの芸事、趣味、スポーツもある程度の努力、頑張りを必要とするので、私は懐手をして見ていただけだ。

七十過ぎまで生きていれば、たいていの人が「座右の銘」のたぐいを持つものだが、私にそんなものはない。強いていえば漱石の「懐手をして小さくなって暮らしたい」という言葉くらいだ。

もっともその反面漱石は「維新の志士のような気持ちで小説を書きたい」ともいっているのだが――。

四十二キロの帰還

とまれ、糖尿病食のおかげで血糖値は激減した。乳母車押しのおかげで大腿骨の骨折もなんとかつながってくれたようだ。

再度の入院も二カ月に及んだ。平成七年の夏を通してベッドの上の生活でべつに退屈もせずにすんだのは、無為であることに平気な私の性分もあるが、それよりオウム事件の進展と、アメリカ大リーグにおける野茂投手の活躍ぶりのおかげであった。依然として活字は読みづらいが、テレビを見るのにさしつかえはなかったからだ。

ところでもう一つ、私は重大な病気をかかえていた。パーキンソン病である。

パーキンソン病といっても、この病気の最大の特徴であるフルエなどの症状はまだ起きないが、座ったら立ちあがれないとか、歩行中ふいにあおむけに転倒しそうな不安をおぼえるなどの状態は軽快しない。

しかし、これらの症状は、このまま入院していてもとみには回復するとも思われないので、ともかくも私は一応退院することにした。八月末のことである。

「ことしはどうしたのかしら、ばかに蟬《せみ》が多いわ」

と妻がふしぎがった、私の留守中の庭は、蟬の声もまばらになっていた。

入浴して、体重計に乗ってみて、私は仰天した。

私のふだんの体重は、五十五、六キロである。大人になってからは、戦時中病気をしたときの四十九キロが最低だ。

それがなんと四十二キロになっている！　ふとももの肉が削いだように消えていることは承知していたが、まさか四十二キロになっているとは思わなかった。これじゃまるでアフリカの難民だ。

退院するときお医者さんが「当分は食べたいものは食べなさい」といったが、もっともだ。

かくて私は糖尿病はあとまわしにして、入院以前と同じ食事をとりはじめた。

入院前、このエッセイを中断するとき、何カ月かのちにまた元通りの顔でエッセイを書いているだろう、と書いたがその通りになった。

宙ぶらりんの生

食事を普通食に替えたら、体重はみるみる回復した。

四十二キロが約一カ月で五十キロまで戻った。

それでもう一カ月もたったら、もとの五十五、六キロに戻るのかと期待したら、どういうわけかそこで足踏みして、いま退院後四カ月になるが体重はそこから動かないが、見舞客のだれもが入院中とは別人のようだ、といってくれる。

体重はもとに戻らず、文字が読みがたく書きづらい。また床やソファに座ったら一人では立ち上がれないという状態から脱することはできないが、食欲や睡眠に異常はないし、だいいち身体に苦痛がないのがありがたい。

しかるところ九月九日（平成七年）に、友人の高木彬光が心筋梗塞で急死した。私より二歳年長だが、私のように劣悪な肉体ではなく、ゴバンみたいに頑丈な身体の持ち主なので、もし私に万一のことがあった際は彼に葬儀委員長を頼むことにしようと決めていたのみならず、彼もそのつもりでいたらしいのにこの意外事を迎える羽目になって私は狼狽したが、右の症状があっては葬式にゆくことさえ出来ない。

そんな思いがけない不覚事が出来したが、あと日常生活にさしつかえはない。

だいたい私は最初から、糖尿病なり、パーキンソン病なり、要するに老人病の出現だと思っていた。そろそろ頭や身体に何らかの異変が起こってもおかしくはないと考えていた。

私はこの一月四日（平成八年）で満七十四歳となった。これまで異常がなかったのがふしぎだったのだ。

ましてや人類六十五歳引退説（この世からの）をとなえている私だ。それは社会的習慣からではなく、生物学的根拠からそういったので、この持論に照らしても、七十歳を過ぎてまだ無病息災などという事態は許されることではない。

だからといって、今突然みずからこの世においとまするほどの精神昂揚力もないので、とにかく生きるだけは生きている。私の生は今のところ宙ぶらりんといった状態である。

意外なり老後感

はからずもこのエッセイは、私の老人病のいきさつを長々と書く羽目になった。

はからずも、というように、はじめから予期したことではない。去年の春、視力の異常をおぼえて病院の眼科を訪れたのが騒動のはじまりで、それ以来私にとっては初体験の連続であった。

世間ではちょっと長生きするとすぐに「人生の達人」などと呼ぶ。四、五年他人より長生きしたところで、どうして「人生の達人」などになれるものか。ぶざまな老いが長生きした分だけ長くなるだけではないか。

そもそも七十を越えて、めぐり逢《あ》う事件や状態は、その年齢においてみな初体験なのだ。もっともそれに昂奮《こうふん》する元気は失われているだろうが。

それでも七十を越えると、意外に思ったことはある。

それは老境に至って、案外寂寥《せきりよう》とか焦燥とかを感じないことだ。

漠然と自分の現在を考えていると、ふしぎにいまの自分は六十代だと感じているのである。

自分の身体が若いから、などという誤解でないことは、このエッセイの総タイトルを「あと千回の晩飯」とつけたことでもわかる。そのときは糖尿病もパーキンソンも何の自覚もなく、漠然と自分の余命を、まああと晩飯千回くらいのものか、と考えたのである。

四十代五十代のころには、自分を十歳若いなどという錯覚はなかった。いま半身創痍《そうい》の身体になってそんな錯覚におちいるのは、やはり半恍惚の状態になっているせいかも知れない。しかしそれより何より、自分が七十幾歳であるなどということが、この世のこととは信じられないからだろう。

頭を振って正気に戻れば、たちまち七十四歳の実態に立ち返る。

それはそれとして、七十を越えて意外だったのは、寂寥とか憂鬱とかを感ぜず、むしろ心身ともに軽やかな風に吹かれているような感じになったことだ。

アッケラカン

三カ月の入院生活をふりかえってみると、妙な形容だが、アッケラカンという言葉が浮かぶ。

こんなことをいうと、治療に心を砕いてくれたお医者さんや看護婦さんに申しわけないようだが、おそらくそれは、肉体的になんの苦痛もない、手術もやらない、また精神的にも、この病気は当然だとする私の判断によるものだろう。

糖尿病も眼底出血もパーキンソンも、直接痛みを伴わない。実は痛みを伴わない病気こそクセモノなのだが、そうとは承知していても、凡俗の病人にとっては痛みがないのはとりあえずはありがたい。

苦痛がないから私はアッケラカンとした顔で、毎日テレビばかり見ていた。テレビといえば、ふだんはニュースと相撲とマジック番組しか見ないのだが、この病院暮らしでは例のオウム事件と野茂の活躍をつぶさに見た。いずれもテレビならではの見物であった。

今さらの感想だが、オウム事件は戦後五十年では最大の怪奇事件だ。事件そのものは遠からずカタがつくだろうが、その灰燼《かいじん》のあとは半永久的にくすぶりつづけるだろう。日本に世をはばかる邪宗門の伝統があることを、ふっと想起する。

これも今さらのことだが、野茂のやったことは偉大だ。私は、敗戦日本を立ち直らせた殊勲者は吉田茂だろうが、当時の実感からしてそれに劣らないのは、水泳の古橋広之進だと考えているが、野球の野茂もそれに劣らぬ英雄である。

こんなものを昼夜見るだけで何もせず、私は狭いベッドの上でほとんどたいくつせずにひと夏をすごしたのだが、よくいえば泰然、悪くいえばアッケラカンとした病人であったのは、やはりこのいくつかの病気は私自身が招いたものだという自覚であった。

退院はしたものの、お医者さんに固く禁じられた酒、タバコはいつのまにやら復活した。一生励行を命じられた低カロリーの糖尿病食も忘れがちだ。

この分では、あと千回の晩飯はむずかしかろう。

引かれものの小唄

この一月、画家岡本太郎氏が亡くなられたが、その病気がパーキンソンであることを、新聞か週刊誌かで読んだ。

詳しいことは知らず、岡本氏とはお会いしたこともないが、何となく絵以外でも一個の人物であるらしいとは感じていたので、パーキンソンは大人物がかかる、という私の先入観をあらためてたしかめた。

それはそうと私のパーキンソンは、パーキンソン病の大特徴である全身のフルエや肘まげ運動に歯車をまわすような抵抗感があるなどの症状は、今までのところはまだ発現していない。

しかし起居が不自由であるとか、歩行が不安定であるとかの症状はあるので、医者のカルテには「パーキンソン症候群」とある。

何でも脳の黒質という細胞の部分に変性が生じた結果によるものだそうで、その原因はいまのところ不明だという。

右の知識は、小長谷正明『神経内科』という本によったのだが、この本にはまた意外なことが書いてあった。

前にこのエッセイで、私は人間の定命は六十五歳だとし、その年齢に達した死の希望者は国立往生院とでも呼ぶべき施設に入り、荘厳なセレモニーのうちに安楽死させてもらったらどうか、と書いた。

すると、投書が殺到した。大変な非難の投書だろうと思ったら、案に相違して大賛成の手紙ばかりであった。この人々はみな六十五歳以上の老婦人ばかりであった。それによって私は、世の長寿者は必ずしもみな長寿を望んでいるわけではないということを知った。

調子に乗って私は、こんどはタバコ擁護論を書いた。するとこれまた相当量の投書が襲来したが、一通の例外もなく筆者をダンガイするものばかりで袋だたきの観があった。

ところが右にあげた『神経内科』という本は、むろんお医者さんの著作だが、「タバコはパーキンソンの発症を防ぐ因子があるらしい」と書かれている。

タバコのこんな余徳を書いた本はいまごろ珍しい。

軽やかな風の意味

タバコはパーキンソン病の予防に効果があるらしい、という記事に、鬼の首でもとったように奇声を発したのも一瞬、その男がパーキンソン症候群でヨチヨチ歩きをしているのに気がついてシュンとなるのだからシマらない話だ。

何が原因だかわからないのだから予防のしようもないが、とにかく老人病の一種だろう。自分の身体に起こった異変は自分で責任を持たなければならないと自分では考えている。それはいいが、

「だってそんな生活をしてきながら、ちゃんと七十四まで無事に生きてきたじゃあないか」

というのが、私の錦の御旗だ。

日本の男性の平均寿命まであと一、二年はあるようだが、とにかくこの年になるまでろくに入院したこともない。私からすれば今でも充分長生きしたと思っている。

だから、いま死病を宣告されても、年齢的には神様に一言の文句もないのだが、それでも人間だからまだこの世にとどまっていたいことがいくつかある。

先に私は、七十歳を越えて、心身ともに軽やかな風に吹かれているような気がする、と書いた。

その理由を考えてみると、要するに「無責任」の年齢にはいった、ということらしい。この世は半永久的につづくが、そのなりゆきについて、あと数年の生命しかない人間が、さかしら口に何かいう資格も権威も必要も効果もない。

人間この世を去るにあたって、たいていの人が多少とも気にかけるのは遺族の生活のことだろうが、そんな心配は無用のことだ。子孫は子孫でそれなりに生きてゆくし、また七十を

過ぎた人間に、死後の子孫の生活の責任までおしつける人間はいないはずだ。

生きているときでさえ、万事思うようにはゆかぬこの世が死後にどうなるものではない。

七十歳を越えれば責任ある言動をすることはかえって有害無益だ。

かくて身辺、軽い風が吹く。

余命の使い道

前回に私は、七十を過ぎればあと数年しか余命はないのだから、その言動に責任を持つことは物理的に不可能だ。だからそんなことは考えないで気をラクにしたほうがいいと書いたが、もう一つ取り越し苦労から解放させる考え方がある。

それは、何をしても何をいっても法律の圏外にある可能性が高いということである。懲役十年くらいの刑罰を受けるような犯罪を犯しても余命三年では裁判官もどうしようもあるまい。

いつか、だれの言葉であったか、還暦を迎えた人が、いままで六十年ずいぶん遠慮して生きてきた。これからは余生だと思って、したいことをし、いいたいことをいわせてもらう、と書いているのを読んだことがあるが、同じようなことを考える人もあるものだ、と感心したことをおぼえている。

しかるに私は、還暦から十四年もたっているのに、大それたことは何もしない。懲役十年くらいの罪を犯そうにも、その犯罪が頭に浮かんでこない。

そうそう、よくあなたの座右の銘は何か、などときかれることがあって、いつも私はそんなものはない、と答えることにしているが、強いていえば「したくないことはしない」という生き方がそれかも知れない。

そして私は、懲役何年かの危険を冒してまでやりたいことが、いまのところないのである。いつであったか、ある妄想にとりつかれたことがある。それは若《も》し某国が日本の罪を責めて謝罪しなければ三日後に核攻撃を加えると通告してきたら、われわれはどうするか、という想定である。

私はこんな事態を決して荒唐無稽の空想とは思わないが、そのとき自分はどうするか。その三日のうちなら何をしてもいいのだが――。

考えた末、結局自分は何もせず、腕組みしたまま三日目を迎えるだろうという結論に達した。老年のゆえではない、生命力の薄弱のゆえである。

来世ありや、なしや

大勇をふるえば、七十を過ぎれば天下無敵の存在になれるのに、それができない。

その大勇など出てこないのが年寄りなのである。それどころか、おばさんたちと同様、一日も早く国立往生院に入りたくなる。

そういいながら、糖尿病になれば三カ月入院したり、糖尿病食を食べたりしたのだが——。見まわすと、同年配の連中はみんなけんめいに、それ以上長生きしようとつとめているように見えるが。

くりかえすようだが、度を越えた長生きはよろしくない。志賀直哉はいう。「不老長寿という。不老で長寿ならいいが、老醜をさらしての長生きはいやだね」

そういいながら志賀直哉は八十八まで生きた。

そしてある年齢以上に生きれば、九九パーセント以上の人は老醜をまぬがれないのだ。

くやしまぎれに、途方もない雄大な想像にふけることがある。人間死後の世界、さらには人類最後の日々のことを空想することだ。

いま死後の世界があると信じているのは、地球上の人類の何十パーセントくらいあるか知らん。

私は宗教そのものを人類が発明した理由の一つに、「この人生がこの世で落着するのはたまらない」という多くの人間の悲願にあると考えている。どんな無神論者でも、ついうっかり「死んだ母は空から見ている」とか「来世は夫婦《めおと》になろう」とか口走ったり考えたりするのは、そのあらわれだ。

『神曲』の地獄篇や仏教の八大地獄などを考え出した人類の脳もすごいが、それにもかかわらず、何千年かの地獄天国存在時代に洗脳されず「死後は無」と抵抗するグループがあったとは、これまた人類はすごいといわざるを得ない。

実は私も後者のグループの一人だ。

私が「死即無」派の一員に属するのは、人類に来世があるなら、蟻《あり》や蚊にもあるはずだが、踏みにじった蟻や蚊から、いくら目をこらして虫眼鏡で観察しても、魂らしきものがどこかへ飛び立つのを見いだしたおぼえがないからだ。

来世はないとするなら

若し来世があるとすると、妙なことになる。来世に赤ん坊として生まれ変わるというなら、それは全然別人だから、今生の最後の姿で移動するのだろう。

いつであったか、それほど昔のことではないが、哀しい夢を見たおぼえがある。

それは赤い夕日の差すふるさとの村の道を、両側から父と母に手をとられて歩いている夢であった。その父と母はどちらも二人が亡くなった四十歳前後らしかったが、まんなかの私の年ごろがはっきりしないのである。父は私が五歳のとき亡くなったから合うとして、私が十三歳のとき亡くなった母はおかしい。

それにもかかわらず、目がさめてからも、哀切感にひたされて、私はしばらくじっと身動きせずにいた。

こんな来世なら、いますぐにも飛んでいきたいが——。

ところでこの父と母にぶら下がっているのが、パーキンソン病の七十四歳の老人とあってはサマにならない。夢では私の年齢があいまいになっていた。夢の詐術だ。

しかし実際に来世があるなら、右のような始末になるのである。

それに来世があると、いろいろ愉快でないことも起こる。

来世があるなら、それは誰にもあるにちがいない。来世で逢いたいと思う人はむろんあるが、二度と顔を見たくない人はそれに倍してある。こんな来世はふっつりごめんだ。

こういうわけで私は、来世はないものと決めこんでいる。

卑小な私にないばかりか、あらゆる人間に来世はない。

それどころか私はとんでもない空想をめぐらす。

それは地球死滅の日である。あと億兆年ののち、地球が死滅する時がくる。空想ではない。必ずくる現実だ。そして地球上のあらゆる生物のみならず、そのときまで人間の作りあげたすべての大歴史、大文明、大宗教、大芸術、大科学は一片のかけらも残さず死滅する。

あとには何もない。

未来で絶対確実視されることはほとんどないが、地球の死滅はまちがいない事実である。その日が来たら、人類はどうするか。

どうするかと聞かれたって、どうしようもないことだが。

唯一の逃げ道は、ほかの星に移動することだが、いままで判明したところによれば、何千億とも知れぬ銀河の星の中に、生物が生きている星は一つもないらしい。地球上に生物が発生したのは超の字を千重ねても追いつかない超偶然の結果だという。

それなら、地球の死滅後、生物の一匹も生きていない暗黒の宇宙に、未来永劫にわたって、あらゆる星座が音もなく運行しているだけの世界が来るということになる。

もっとも、そのときまで人類が生きているということはあるまい。

地球の死滅は、太陽の衰弱から来るにちがいない。現在でさえ太陽までの距離、日光の角度によって、地球の南極北極や四季の差などが生じるのだから、太陽のほんのわずかな変化でも地球上の様相は一変するだろう。

いずれにしても地球に訪れる惨状は言語に絶する。

人類の滅亡まで何億世紀経過するか知らないが、そのころの人類はいかなる状態にあり、また何億世紀かの歴史をどんな風に学ぶのだろう。

やさしい眼を持ったメランコリックな大作家ツルゲーネフの散文詩「対話」には、何百万年かの後、ウジ虫のような人類がすべて死に絶えたあと、蒼空に白くそそり立つアルプスのユングフラウとフィンステラールホルンが、静謐になった地上を見下ろして「これでせいせいした」と話し合う。

時間的にも空間的にも、無限につづく死の大宇宙。

来世があるとするなら、これがまちがいのない来世の姿だ。

それを空想すれば、やがて来る自分の死など、虫一匹にもあたらない——と、考えることにする。

僕の地球死滅

私はテレビの「生きもの地球紀行」のたぐいの番組をよく見るが、あれを見ると、地球上のあらゆる生物は、自分という個体の維持と種族の繁栄のみを——特に後者の目的のために夜も昼もないようだ。

そんな生物を乗せて、黙々と運行し回転している地球にやがて訪れるのは永遠の「無」だとは、何という途方もないドンデン返し。

私は神様の存在を信じないが、もしあるとすれば、宇宙は神の冗談によって作られたと考えざるを得ない。

もっとも何十億年か後、人類さらにそれまでに築いた人類文明の滅亡に対しては、その文明にプランクトン一匹ほどの貢献もしない私などは、ユングフラウ山のひそみにならって、これでせいせいしたと笑うところがないでもないが、それからまた何十億年がたって、いよいよ太陽が死滅したあとも永遠に無限の運行をつづける宇宙に対しては戦慄を禁じ得ない。

「何をぼんやり考えているの」

と、妻がきく。

「二度目の入院をするとき、十日ほど意識がはっきりしないことがあったでしょう。あのときと同じ顔をしている。きみが悪いわ」

「そうかい。今、地球滅亡のときのことを考えてたんだがね」

「ばかばかしい。そんなこと何億年かあとの話でしょ」

「そりゃそうだが――」

「そのとき私たちが生きているわけがないじゃない？　このエッセイのタイトルをあと千回の何とかとつけたのは、そのころまでしか生きていないという意味でしょ。何億年も先の話じゃないわ」

「その千回分の余命の件だがね。僕が死んだらその刹那に地球が死滅するのさ」

「？」

「以後地球とは一切無関係になる、という意味でね」

一度だけの登場

「だいたい人間が死を恐怖するのは、死に伴う肉体的苦痛、自分の仕事の中断に対する無念、あとに残す愛する者たちへの執着、などのほかに自分だけがゆかねばならぬ一人旅の不安などのためだと思うがね」

と、私はいった。

「断末魔の脳を占める割合は、最後のものがいちばん少ないのじゃないか、と僕は今まで考えていた。一種哲学的な恐怖だからね。一人旅といったって、そのほうがさばさばして、かえって結構だと思う人もあるだろうしね。僕なんかもその口だと考えていたんだが——ところがいま考えると、このことがいちばん怖いなあ」

「このことって？」

「人間死んだら、無になるってことさ。いま一人旅といったが、ごまかしの詩語だ。人類はまだ数十億年はつづくということだから、その間何かのはずみでもういちどヒョイと出現して、前回の生について——つまり前世だ——懐かしんだり、後悔したりすることがあってもよさそうなのに、われわれは無となって永遠に消滅したっきりだ」

「ユーレイになったら出現できるわ」

「ユーレイになることが自力でできるかどうか。アテにならんしなあ。——いや、ユーレイになって出るほどこの世にみれんも執着もないんだが——とにかく無となったら、未来永劫、二度と出現することはないという宇宙のカラクリが怖いのさ」

「何億年も先のことを心配してもしかたがないわ。どうして突然そんなばかばかしいことを考え出したの？」

「何億年も先のことじゃないったら。千日先に僕が死んだら、千日先に起きる心配だよ。あと千日の余命しかないとしたら、何か劇的な最後のパフォーマンスはないかと考え出したら、つい思考が地球死滅の日に飛んだのさ」

このエッセイをはじめたとき、総タイトルを「あと千回の晩飯」とつけて、ふと、妙なことを思いついた。

それはこの際ほんとにあと千回の晩飯の献立を作ってみようか、ということであった。

正岡子規の献立

このエッセイを書きはじめたのはおととし（平成六年）の秋だが、わが余命はまあ、あと千日くらいかなと見当をつけて、その間の献立表を作ってみようかと発心した。

それはその前、古今東西の有名人の死に方を千人ほど書いたのだが、それについてそれらの人物のデッサンを描く必要が生じた。昔から貧乏と病気と女の苦労を知らなければ一人前の作家にはなれないといわれてきたが、私はなぜかそのほかに、その人物の身長と体重と、好きな食物がわかればその人物の個性に迫真性が感じられるのだが、と考えた。

東条英機、一六三センチ、五九キロ。

昭和二十三年、六十三歳で刑死したときの東条の身長と体重である。東条が意外に小柄な人物であったことがこれでわかる。

東条は巣鴨で刑死したからこの記録が残ったのである。そのほかの人物にこんな記録はないようだ。

嗜好品にしても、特別異常な好物は別として、毎日の食事の献立表など見たおぼえがない。では世の中にそういうものが全くないかというと、私の知るかぎりただ一つある。

朝　粥《かゆ》四椀《わん》、ハゼノ佃煮《つくだに》、梅干砂糖ツケ

昼　粥四椀、鰹《かつお》ノサシミ一人前、南瓜《かぼちゃ》一皿、佃煮。

夕　奈良茶飯四碗、ナマリ節煮テ少シ生ニテモ　茄子《なす》一皿。

此頃《このごろ》食ヒ過ギテ食後イツモ吐キカヘス。

二時過牛乳一合コ、ア交テ

煎餅《せんべい》菓子パンナド十個許《ばかり》
昼飯後梨《なし》二ツ
夕飯後梨一ツ
（中略）今日夕方大食ノタメニヤ例ノ左下腹痛クテタマラズ暫《しばらく》ニシテ屁《へ》出デ筋ユルム

正岡子規の『仰臥漫録《ぎょうが》』第一回目の記録がこれだ。
『仰臥漫録』は明治三十四年九月から三十五年七月まで——子規数え年三十五歳から三十六歳までの病床雑記である。句あり歌あり新聞切り抜きあり内容は雑多をきわめるが、中でも異彩を放っているのは詳細な毎日の食事の記録だ。

壮絶なる大食死

子規の『仰臥漫録』はお読みの方も多いと思われるが、他にもあまり例のない記録なので、もう二、三紹介させていただく。（適当に省略）

九月八日。
夕飯。粥二椀、焼鰯《いわし》十八尾、鰯ノ酢ノモノ、キャベツ、梨一。

（風太郎注）鰯のすのものを作っているのだから目刺しではない。十八尾には自分でも呆《あき》れたと見えて、自分で圏点をつけている。

九月十日。

便通間ニアハズ。繃帯取換《ほうたいとりかえ》。

朝飯。ヌク飯二椀、佃煮、紅茶一杯、菓子パン一ツ。

午飯《ひる》。粥イモ入三碗、松魚《かつお》ノサシミ、ミソ汁葱《ねぎ》茄子、ツクダ煮、梨二ツ、林檎《りんご》一ツ。

間食。焼栗《やきぐり》八、九個、ユデ栗三、四個、煎餅四、五枚、菓子パン六、七個。

夕飯。イモ粥三碗、オコゼ豆腐ノ湯アゲ、オコゼ鱠《なます》、キャベツヒタシ物、梨二切、林檎一ツ。

右の繃帯取り換えは、子規が脊椎《せきつい》カリエスを起こしていたので、その排膿《はいのう》のためである。

この明治三十四年の秋はその九月十四日「午前二時頃目さめ腹いたし、家人を呼び起して便通あり、腹痛いよ〳〵烈《はげ》しく苦痛堪へ難し此間《このかん》下痢水射三度許《ばかり》あり絶叫号泣」と子規みずから書き、また十一月六日付でロンドン留学中の親友夏目漱石へ「僕ハモーダメニナッテシマッタ、毎日訳モナク号泣シテ居ルヤウナ次第ダ」と手紙を書いたような状態であった。

この惨状の中にあって、この食欲である。よく世に「壮絶なガン死」などという。しかしガンによる死を壮絶と形容するのはおかしい。壮絶とは勇壮なことである。惨絶と表現するのならわからないでもない。おそらく鉄砲《ガン》による死と故意に誤用した結果だろう。

ガンではないが、子規の場合こそ壮絶の名に値する。壮絶なる大食死というべきか。もういちど再生しようという子規の執念の現れだが、いかに執念の炎をかきたてても、食欲が旺盛とはゆかないことは、みな経験のあるところだ。

子規は、やはり一種の魔人であったとしか、いいようがない。

三偉人の晩餐

子規は数え年三十六歳で、下痢し、嘔吐しつつも大食するという、見ようによっては惨絶な、見ようによっては漫画的な死を迎えるのだが、その状況のなかで、しかも三十代前半で、月並みのどん底に落ちていた短歌と俳句を革新したのは、超人的力業といわざるを得ない。

しかし一句の俳句も一首の短歌も作ったことのない私には、死の一年前、生命を司《つかさど》る神に歯をむき出して殴りかかるような食欲の勇姿を見せた子規は、この一事だけでもそれらに匹敵する偉業に思われる。

他のいかなる文章よりも、子規という人間の体臭、眼光、息づかいが生き生きと感じられるからだ。

のみならず明治の安月給階級の食事がどんなものかも教えてくれる。

明治三十四年十月廿五日。
朝　牛乳五勺砂糖入、ビスケット、塩センベイ。
午《ひる》　マグロノサシミ、飯二ワン、ナラ漬《づけ》、柿《かき》三ツ、牛乳五勺、ビスケット、塩センベイ。
晩　栗《くり》飯一ワン、サシミノ残リ、裂《さ》キ松茸《まつたけ》、ナラ漬、渋茶一ワン。
夜　便通山ノ如《ごと》シ（中略）
余モ最早《もはや》飯ガ食ヘル間ノ長カラザルヲ思ヒ今ノ内ニウマイ物デモ食ヒタイトイフ野心頻《しき》リニ起リシカド（中略）書物ヲ売ルヨリ外ニ道ナクサリトテ売ル程ノ書物モナシ

子規はいのちがけで食っているのだ。

漱石、鷗外は、こんな記録は残していないようだ。

ただし記録には残していないが、鷗外は煮茄子、焼茄子、茄子汁、茄子の漬物、と茄子のオンパレードでも不平顔を見せなかったというし、夏目家でも晩飯は必ず一汁一菜で、余せば翌日の学校のお弁当に入れてあったと娘の筆子さんの想い出にあるし、勝海舟の家でも晩飯時に客があれば必ずお膳が出たが、それは一汁一菜を常としたとある。

これらの人々の食事の質素さは、決して吝嗇《りんしょく》のせいではない。男子たるものは口腹の快などタブーとしなければならぬという儒教的な思想が骨がらみになっていたせいにちがいない。

戦後背丈がのびたわけ

いま日本の家庭の食事で、夕食を一汁一菜ですますます家はまずあるまい。これはおそらく夏目家、森家、勝家だけの特別の話ではない。また明治に限った話でもない。一般庶民の夕食がそれに近い食事であったと思う。それでいて、明治以来約十年毎に戦争をやるか、出兵するかを繰り返して太平洋戦争に至ったのだから、日本は恐ろしい国であった。

それはともかく、飲食は決して口腹の快を満たすためばかりのことではない。

われわれが生きている間の思索と行動のすべては、摂取した食物のエネルギーの転化したものだ。

五十一年前の敗戦で古来の社会制度や生活習慣の多くが、アメリカ風に一変したことはいうまでもないが、相当な影響力を後代に及ぼしたものは、食物の洋風化と、正座の習慣の衰退だと私は思う。

戦後、青年の身長が一挙にのびたのは、何よりも右の二つの変化のせいだと考える。

私は、食物の質からいえば、現代の安サラリーマンの食事でも、夏目家、森家、勝家はもとより、明治時代の貴族や江戸時代の大名にまさると思っている。一杯のラーメンは三杯のお茶漬けにまさるのである。

もう一つ、正座というやつ。

この習慣は江戸時代から始まったのじゃないか知らん。それ以前の絵巻物など見ても、男性はアグラ、女性は片ひざ立てて座っていたようだ。戦前戦中は父が子を、教師が生徒を、上級生が下級生を、ムヤミヤタラに説教した。そしてそのときはムヤミヤタラに正座させた。折りたたんだ足の上に全体重をのせて、それで足が発育不良にならなかったら、そのほうがおかしい。

戦後、ひとを正座させて説教するような手合いが稀《まれ》になった。同時に青年の足が伸びはじめた。いまの若者は三十分と正座できないだろう。それでいいのである。当然なのである。行儀作法が多少ルーズになっても、もう少し足の長い国民になるほうが私には望ましい。

食事表作成のてん末

古来の日本人が「チンチクリン」であった理由を、私は食事の質素さと、正座の習慣が災いをなしたといった。

この視点からみると、夏目家、森家、勝家の極端な粗食は誤っているといわざるを得ない。処世観、文明観、死生観などほとんどすべての点で敬服のほかはない三偉人だが、食事に関するかぎりまちがっている。三人とも現実に欧米をかいま見た人々なのにどうしたことだろう。

それから見ると、食物に常人ならぬ関心を持った子規はエライ。

ただその子規の食事表を見てちょっと気になるのは、刺し身などはよく食べるけれど、牛肉などの肉類がほとんどないことだ。おそらく、そのころの牛肉は庶民の食物として高価すぎたのだろう。

ところで私はある判断をすると、必ずその反対の判断が生じて困るのだが、それならふだん油料理や肉料理を多くとり、かつ正座しない大陸の人種がどうして日本人と大差ない身長なのか、と聞かれるといささか返答に困る。しかし現実に戦後の青年が戦前にくらべて目立って大きくなっているのだから、ここでは私の意見を認めてもらうことにする。

ところで、はてな、私は何のためにこんな議論を持ち出して来たのだっけ？

そうだ、あと千回分の晩飯が私の余命だろうと推測して、いっときは宇宙死滅まで空想してわが死など何かあらん、と肩をそびやかして見たものの安心立命にはほど遠く、こんどは急転直下も甚だしいが、せめてその千回分の晩飯を遺憾なからしめんと思い立った次第であった。それが筆がついすべって死の一年前から自分の食事の詳細をしるした子規の記録に及んだのである。

実はこれには伏線がある。それよりさらに、二年前、ふと「おれは毎日何を食っているんだろう？」と首をひねることがあって、一カ月ばかり食事の記録をとったことがあるのである。

昨日何を食ったか

あと千回分の晩飯のメニューを作るといっても、実は何も千種類の料理を作るわけではない。せいぜい二、三十種類でいい。それらを適当に配置すればいいのだ。

前回で私は、夏目家、森家、勝家の晩飯の質素さを叱りつけた。その美食の論理をふりかざせば、三家とも苦笑して降参するにきまっている。そもそも私は、山海の珍味を牛飲馬食するような人間でなければ大事を託することはできない、と信じている。

ところが私自身は小食なのである。若いころから観察していると、同年配の人々にくらべて量的には三分の一くらいの食事ですむのじゃないか知らん。それでよくこの世の生存競争にたえぬいて、七十余歳まで生きてきたもんだと自分に感心する。

しかし食物に無関心かというと、決してそうではないことは、ほとんど毎日午後になると、「きょうの晩飯は何だ」と家内にきくことでもわかる。

斎藤茂吉は、前夜必ず翌朝の味噌汁のミをたずね、朝になってそれが違っていると激怒したというが、私も夕食は肉だときいていたのに魚が出たりすると、ふきげんになる。頭は承知しても胃袋が承知しないのである。

これほど食事には関心を持っているのに、だ。いつのころからか、私には信じられないような現象が起こりはじめた。

前夜に何を食ったか、あくる日忘却しているのである。思い出そうと首をひねっても、何としても思い出せない。

ぼけてしまったお婆さんなどが、たらふく朝飯を食ったあと三十分くらいで「あたしゃまだ朝ゴハンをいただいてないんですけどねえ」といったりする話をきいて笑ったものだが、笑いごとではなく、そのうちこちらもその域にはいるおそれは十分ある。

もう間に合わないかも知れないが、それじゃ思い出すよすがとして、毎日食ったもののメモをとっておこうか、と私は思いついたのである。

悲しき献立表

自分の食事の一覧表を作るにあたって、六十年ほど昔、そんなものを作ったことをふと思い出した。

旧制中学のころだ。

そんな年齢でそんなものを作るにはそれなりのわけがある。そのころ私は中学の構内にある寄宿舎にいた。寄宿舎には汽車通学も自転車通学も不可能な生徒が収容されていて、十二畳くらいの部屋が二十ばかりあり、一部屋に一年から五年までが五人一組となっていた。

これが毎週順ぐりに、「週番」といって、起床や消灯の鐘を鳴らしたり、火の用心のパトロールをしたり、夜十時ごろになると戸締まりの閂《かんぬき》をしめたりする役目を果たすのだが、もう一つ、その週の食事の献立表を作るという仕事があった。

毎日三度、一週間で二十一回分の食事表だ。

それで子細らしく五つの坊主頭を寄せ集めるのだが、実はそれほど難しい仕事ではない。いままでの一覧表の通りにすればいいのである。それが甚だ単純で、献立の種類も二十種類は出なかったろう。

但馬《たじま》は但馬牛の産地だが、ビフテキなど思いもよらない。自分たちの寮費ではビフテキなどとんでもないことをよく知っていたからだ。

今から思うと感心な話だが、そのころ一番よく聞いた言葉は「これ以上親に負担はかけられんからのう」という言葉であった。だから当然寄宿舎の献立は質実剛健なものになった。

「まあ、中学まではしかたがない」

親はなかったけれど私もそう考えた。そして漠然と中学卒業後の食事に期待した。

ところが、私たちが卒業すると同時に日本は太平洋戦争にはいって、世の中に食い物らしい食い物は消滅していた。寄宿舎のころの献立すら夢の世界のご馳走であった。

「肉料理などふやすと親に負担をかけるけんのう」と、四十男みたいにつぶやいた連中の中には、ついに一生ビフテキなど口にすることなく、南の孤島で餓死する運命に落ちた者も少なくなかったろう。

私の食事日記①

私が自分の食事日記を書いてみようかと思い立ったのは、前日に食ったものを翌日には忘れてしまう、などという現象に気がつくようになって、ああそうだ、もう一人、池波正太郎さんが毎日の食事を三度三度、その材料から料理の仕方、それにまつわる歴史やエピソードまで書いておられると、きいたからだと思う。

池波さんには食べ物についての随筆も何冊かあると思うが、それを私は読んでいない。また聞きだ。

だから右の話もあてにはならないが、とにかく右の話をきいて、私も当分食事日記を書いてみようか、と思い立ったらしい。

そのときのメモを探してみると、それはおととしくらいのことかと記憶していたのに、年とると時の流れは早いもので、なんと七年以上も昔の昭和六十三年十二月のことである。そのころ、私は気がつかなかったが、体内では糖尿病が進行中であったのだ。

その後入院して、退院後も糖尿病食をとるように命じられているが、申しわけないが私は実行していない。従って現在の私の食事はここに紹介する七年以上前の例とだいたい同じようなものだ。

なお私の食事は一日二回である。

昭和六十三年十二月一日（木）晴れ

【朝】チャーハン、スープ。

【夕】スキヤキ。きょうのスキヤキは、先般の明治村見物の際「牛鍋店《ぎゅうなべ》」で真っ先に砂糖をしきつめる順序にならう。なるほど肉が焦げない。

十二月二日（金）晴れ

【朝】昨夜のスキヤキの残り。

【夕】豚のショーガ焼き、キスの塩焼き、アップルパイ、お新香。

十二月三日（土）晴れ後曇り

【朝】ラーメン。

【夕】ワタリ蟹《がに》、イカとタコと蕗《ふき》と大根の煮物、イカの明太子和《あ》え、モロミ味噌、昆布、お新香。

私の食事日記②

昭和六十三年十二月四日（日）午前うすら日、午後曇り

【朝】前夜の煮物、ホーボーの味噌汁。

【夕】アップルパイ、牛と豚のショーガ焼き、ブリの照り焼き、朝鮮漬け、ウグイス菜の漬

物。

十二月五日（月）晴れたり曇ったり

【朝】ウナギ茶漬け。

【夕】ミートソースのスパゲティ、干しがれい、昨夜の豚と牛のショーガ焼き残り、パンのガーリック・トースト、鯨汁、大根とタカ菜の刻み。

十二月六日（火）晴れ

【朝】そば屋にててんぷらそば。

【夕】鯛《たい》のかぶと煮、アップルパイ、卵焼きと牛肉のつくだ煮と鰯のみりん干しの盛り合わせ、煮大根、おにぎり。

十二月七日（水）晴れ

【朝】餅《もち》がゆ。

【夕】牛肉とピーマンの千切り、鯛の塩焼き、蟹と胡瓜《きゅうり》もみ、冷奴《ひややっこ》。

十二月八日（木）晴れ

【朝】卵入り納豆飯、花がつおかけほうれん草おひたし、鯨汁。

【夕】チーズの牛肉巻き、野菜サラダ、鯛の塩焼き、大根とサヤエンドウの煮物、五目飯。

（主婦不在、留守中の食事として用意せるもの）

十二月九日（金）曇りのち晴れ

【朝】食欲なし。大根とサヤエンドウの煮物、大豆と昆布の焚《た》き合わせ、庄内タクアンとウグイス菜の漬け物。

【夕】鰻《うなぎ》のカバ焼き、チーズの牛肉巻き、油揚げの厚揚げ、蓮根《れんこん》の油いため。

十二月十日（土）曇り
朝七時就寝、午後二時起床。従って朝昼の食事ぬき。

【夕】牛さしのサラダ菜包み、合鴨《あいがも》のロースト、えのき茸のうす切り豚巻き、チーズ、餅、芝えびの空揚げ春巻き包み、パンプキンのポタージュ。

十二月十一日（日）快晴
【朝】狐《きつね》うどん。

【夕】納豆とひき肉のレタス包み、フランスパンとチーズ、まぐろの刺し身、ちくわと蓮根の煮物。

私の食事日記③

昭和六十三年十二月十二日（月）晴れ
【朝】熱いどんぶり飯に生卵を溶かした吸物かけて。
【夕】スキヤキ。

十二月十三日（火）曇り

【朝】スキヤキ残り、チーズのワンタンの皮包み、ヤマイモのイソベ巻き、チクワの煮物、とろろ飯。

十二月十四日（水）晴れ

【朝】ハヤシライス。

【夕】クジラのステーキ、ガンモドキとサヤエンドウの煮物、粕《かす》汁。

私の食事日記は以上の通りだ。昭和六十三年十二月前半の十四日間のものである。先にも書いたように、私はひどい記憶ちがいをしていた。そういう日記をつけたことがあったっけ、という記憶はあったが、もっと新しい話で、まさか七年以上も昔のことだとは思っていなかった。それに書いた期間も、少なくとも半年くらいはつづけたような気がしていて、まさか半月足らずのこととは思わなかった。

前者のまちがいは老化現象の一つと思われるが、後者の錯覚は食事の記録を二週間つづけたあとのくたびれ方から記憶が誇大化されて残ったのだろう。

「きょうで朝夕のメニューの記録をやめる。参った、参ったである」と、日記にちゃんと書いてある。

三度三度の料理に味とか調味法とか想い出などを書く人もあるというのに、こちらはただ献立の品書きをならべるだけなのに、それでヘトヘトになったのである。

酒を飲みながらおかずを食うのが私の習慣だが、料理はある程度の時間をおいて順々に出てくる。そのたびに箸をおいてメモ帳に書き入れる。酒の酔いも料理の味もそのたびにケシ飛んでしまう。大ゲサにいえば、一種の格闘的作業だ。

ちなみに、この昭和六十三年の十二月というと、昭和天皇の病あつく大量の血液が必要とされた日々であった。そのとき私は自分の献立表と悪戦苦闘していたのである。

突然、古川ロッパの話

昭和天皇が輸血で最後の息をつないでおられたのと同じころ、草莽《そうもう》の臣・山田風太郎は毎日の献立の記録を残すのに余念もなかったと書いても何の意味もないが、どこかこれに似た対照を持ち出して興がった人がいる。

その前に少し説明が要る。

数年前私は、私が五歳のとき急死した父について随筆を書いた。すると村の縁者から私の家系図を書いて送ってきてくれた。紙を何枚か張り合わせた、作成するのに何日かを要したであろう労作であった。

その全系図をここに紹介するのは略するが、とにかく山田家の先祖は但馬の出石《いずし》藩の家老筋の家柄で、父の太郎はやはり出石藩士の加藤弘之とは、また従兄の縁にあることを知った。

加藤弘之。『広辞苑』より。

「哲学者・教育家。但馬国出石藩士。男爵。東大総長・帝国学士院長・国語調査委員会長など歴任。初め天賦人権・自由平等を説き、のち、社会進化論を唱えて平等説に反対。著『真政大意』『国体新論』『人権新説』など」

私も名を知っている程度の知識しかなかった。父が生きていたらあるいは何か話のついでに出てきたかも知れないが、そういうことはなく、系図を送ってもらって、自分の遠縁に広辞苑に出るほどの偉人がいたことをはじめて知って驚いた。

その加藤弘之の孫が、昭和初期の探偵作家浜尾四郎なのである。その短編「殺された天一坊」など私も読んだことがある。同期の江戸川乱歩も買っていた作家だが、それが私とはまるきり無縁の人ではなかったことをはじめて知った。

驚くべきことはまだある。

この浜尾四郎の弟が古川ロッパだ。つまり遠縁のはるか先をたどれば私は古川ロッパの遠縁につながるのである。

推理小説の同人誌に「地下室」という雑誌がある。その同人中山啓という人が右の事情を知って同誌に書いた。

「古川ロッパとは、いうまでもなく、戦前の喜劇界においてエノケンと双璧《そうへき》を成す大コメディアン、明治三十六年（一九〇三年）の生まれだというから、風太郎より十九歳の年長である」

悲食記

まんまるくふとった姿を見てもわかるように、古川ロッパは指折りのグルメであった。正岡子規の凄惨な食事日記に圧倒されてつい忘れていたが、食事の記録においてはロッパの存在は見逃しがたい。

私自身、ロッパの戦中日記やそのなかの食事の記録だけを集めた『悲食記』と題する随筆集を読んだこともあるのに、すっかり忘れていた。

中山啓氏は、山田風太郎の戦中日記、昭和十九年五月十八日の項を引く。

「外食券も金もなし。（中略）朝食ぬき、昼夜ともに雑炊のため、階段を上るにも息が切れる。空腹のあまりミルクホールに飛びこんだら、水のように薄くて味のないミルクなるものと、スルメの足三本で五十銭とられた」（『戦中派虫けら日記』）

中山氏は、「戦時中のことだから、ことに貧乏学生の食生活は悲惨である」と書き、「かたや同年同月同日の、ロッパの食事はというと――」とつづける。

「菊寿軒という料理屋へ行ってみる。おかみが大いに喜び、酒はどんどん、ビールも後から後から出す。日本酒でものを久しぶりにコップで飲む、合成酒じゃないから、熱いと美味《うま》い。山うどの生に味噌をつけてかじり、魚《ぎょ》でんにカツレツと色々出て、酒もじゃんじゃん飲みの百二十六円だから安いものである」

中山氏の文章つづき。――「とても同じ時代の記録とは思えない。それでもロッパは食事について不平ばかりいっている。（中略）ところで両者ははからずも戦時中に一度だけ出逢っている。ただし、舞台の上と下でというところが象徴的だ。戦局の悪化が末期病的に進行し、ふたたび喜劇の上演がゆるされたばかりのころであった。」

「午後、勇太郎さんと渋谷へロッパを見にゆく。（中略）くだらなきことは予想通り」（山田風太郎『戦中派不戦日記』昭和二十年四月三日の項）

あたかも劇場の近くでは空襲時の火災に備え、戦車まで繰り出して建物を破壊している最中の上演であった、と中山氏は書く。

私はエノケンのファンだが、ロッパのファンではなかった。それがどうしてロッパの芝居など見にいったのだろう。いまとなっては不可解至極だ。

幻の決闘劇

古川ロッパと山田風太郎との遠い遠い縁《えにし》の糸を発見した中山啓氏は、どうしても二人を

「決闘」させたいらしく、つづけて書く。

「しかしこの戦争が終わったとき、ふたりの運命は大きく回転していった。

まず古川ロッパの芸は甚だ精彩を欠くようになった。というより、素人芸からスタートしたロッパのギャグは、もはや古びてしまっていたのである。すでに中年であったロッパは、戦争から何物をも学び得なかったのだ。

芸人としては不運のまま……おそらくは以前ほどの食のぜいたくは出来ぬまま、ロッパは死んだ。昭和三十六年没、享年五十七。

そのころから山田風太郎は、太平洋戦争への鎮魂歌とも読める『忍法帖』のヒットにより、一躍ベストセラー作家へとなってゆく。

そしていつのまにか、テーブル一杯におかずをならべたてないと承知しないという、凄まじい美食家になってゆくのである。

戦争はすべての人の運命を変えるというけれど、これは王子と乞食みたいにくるっと立場（ことに食生活）が変わってしまった、奇妙な親戚同士のお話でした」

どうやらこの幻の決闘は山田風太郎の勝ちに帰したようで、メデタシ、メデタシ。しかしロッパが生きていて、これを読んだらさぞ怒り出すだろう。

それにしても小生は、中山啓さんと食事を共にするはおろかお逢いしたこともないのだが、よくまあ私の家の食卓をご存じだと感心する。

十年近い昔の半月間の献立表を持ち出したが、あれをグルメというべきかどうか、私は迷っている。世の中のほんとうのグルメはあんな程度ではない。それに私自身あれを全部たいらげるわけじゃない。食うのは私と同年配の人の三分の一くらいだとことわってある。とはいえ、これじゃ糖尿病になってもいたしかたない、と医者もサジを投げるにちがいないし、ましてや戦争中の食事にくらべれば王侯の食卓だと私自身認める。

千回分の食事予定表

ながながとひとさまや自分の食事のメニューを紹介してきたが、もとはといえばこのエッセイのタイトルの「あと千回の晩飯」に自縄自縛になって、あと千回くらいしか晩飯が食えないのなら、その千回を事前にみずから予定したものにしたい、と思い立ったにすぎない。いろいろならべた自他の献立はそのための参考資料だ。

あと千回の晩飯というとだいたい三年の余命ということになるが、それに対する反応がまず晩飯の献立製作にむけられたのは、われながら情けない。

数々の偉人の最後の言葉のなかで、私は近松門左衛門の、

「――口にまかせ筆にはしらせ一生を囀《さえず》りちらし、今はの際にいふべくおもふべき真の一大事は一字半言もなき倒惑《とうわく》」

という述懐にいちばん共鳴をおぼえるのだが、まったく、それに同感なのに加えて、あと三年の余命といわれても、何をやればいいのか、当惑のほかはないのである。

いまただちに私の思考や希望の通りそうなことといえば、まあ食事くらいしかない。

もう一つ、私は座右の銘など持たないのだが、強いていえば、

「したくないことはしない」

という心構えだ。

具体的な例をあげると、受験勉強などしたくないからしない。結婚式などしたくないからしない。生命保険など入りたくないから入らない。——というたぐいだ。それについての人生のマイナス面はある程度あるだろうが、生来蒲柳のたちが七十歳ごろまで医者にかかったこともないという状態であったのは、ひとえに「したくないことはしない」という横着性のおかげであったにちがいないと私は信じている。

そうはいうものの、いままでの人生に、食いたくもない食いものを何千たび食ってきたことか。

もうそれはやめよう。食いたくない食べ物は一切拒否しよう。

かかる次第で私は、残された千回分の晩飯をあらかじめ決めておき、予定表を作っておこうという仕事にとりかかったのである。

予定食、意の如くならず

晩飯千回分の予定表は、まず頭の中では出来た。

原型は前に書いた昭和六十三年十二月の食事表だ。あれは予定表ではなく食べ終えたものの記録だが、そのころからきらいな食事は敬遠したはずだから好物の参考資料にはなる。

わずか二週間分の記録で、千回にはほど遠いが、これを適当にばらまいて原型とし、あとの空白部分を埋めてゆけばいい。その作業もたのしみの一つとなるだろう。何なら二カ月くらいでまたもとに戻る配列にしてもいい。

「そんなものがあれば私も助かる」

と、家内がいう。

「それじゃ一つやってみるか。一日目は何だっけ？」

と、昭和六十三年の記録に眼をさまよわせて、

「何々、アップルパイ、牛と豚のショーガ焼き、ブリの照り焼き、とあるが、アップルパイなんて今のところ食いたくないぜ」

「それなら、二日目のほうを先にしたらどう？」

「二日目というと、ミートソースのスパゲティ、干しがれいなどとあるが、干しがれいなんて当分食いたくないな」

「三日目のメニューは？」

「だいたいそう安易に変えるなら、そのメニューを参考にする意味がないじゃないか」

昭和六十三年というと、六、七年の昔になるが、そのころと今と、自分の老年にそれほどの差はないようだが、どうも少しようすがちがうようだ。

思いみれば六、七年前とは、歩行速度がちがう。身体の屈伸度がちがう。そして食い物の咀嚼《そしやく》力がちがう。従って味覚もちがってくるはずだ。

六十代と七十代。

若い眼で見れば、どちらも大した差のない老人に見えるだろうが、実際にその両方を体験してみれば格段のちがいのあることは、近来しみじみと痛感していることではないか。これも七十代にして知る初体験にちがいない。

「そもそも食い物を予定表によって食う、などということがまちがってるのかも知れん。こんなことはよそう」

風々居士の墓

……以上が、あと千回の晩飯の予定表を作ろうと発心し、挫折したてんまつである。

だいたい自分の余命をあと三年と見込みをつけてのいいかげんな予定だから、いとも簡単に挫折したのもむりはない。

見込みちがいといえば、あるときふっともうあまり余命はないというインスピレーションを得て、但馬の田舎に墓はあるけれど、墓参りするにはあまり遠すぎるので、八王子の近くの山の中に墓地を求めた。それからもう二十年くらいになる。えらい見込みちがいだ。「風々院風々風々居士ノ墓」という戒名も考えてあるのだが、まだ墓石は建ててない。

ついでにいえばこの墓地には、菊田一夫さんのお墓もあって、墓前には「君の名は」の「忘却とは忘れ去ることなり。忘れ得ずして忘却を誓う心の悲しさよ」と刻んだ碑《いしぶみ》が立っている。なるほど墓に刻むにふさわしいと、いつも感心して眺めている。いついっても香華《こうげ》が絶えないように見えるのはさすがだ。

同じ墓域で一番広い墓地は、何とかいう進学塾の経営者だ。私の墓地の何十倍かあるようだ。無数の受験生の血と涙の結晶ともいうべき墓だ、と私はこれも感心して眺めている。いま菊田さんのお墓に「いついっても」といったが、実はそれほど何度もいったわけではない。なにしろ仏はまだ一体もはいっていないのだから、二十年ほどの間に草刈りに三度ばかりいっただけだ。しかし、こんどはもう二十年も待つことはあるまい。

墓地にはただ一本の雪柳が植えてあるだけだが、山の上だからたいてい風が吹いている。雪柳の咲く季節なら白い花が散って飛んでいるだろう。その下でシャレコーべだけになって、おそらく女房が墓石の上からかけてくれるだろうウイスキーをなめているのも悪くない近未来の想像だ。

おっと、筆が近未来へ飛んでしまった。それより現在の私の病気だ。

この五十余年ほとんど医者にかかったことはないが、それだけに「いちど病気すると、堤が破れたように病気があふれ出すぞ」と予言していたが、その通りになった。余命を三年と見積もったのも、自分でも不可解な内部からの声のせいかも知れない。

死に神を迎える作法

あと晩飯が千回とするなら、もう一食たりとも意に染まぬ晩飯は食わないと志を立てたが、その企て自体が意に染まないことに気がついて、そんなばかげた企てを放擲《ほうてき》した。するとこんどは、いままで別に大事業や大研究をやってきたわけじゃないから、ほかにやることがない。

そうこうしているうちに、あと千回は次第に減ってあと七百回くらいになってしまった按配である。

しかもそのうち少なくとも百回は病院で低カロリーの糖尿病食を与えられ、あとは自宅での普通食にしたとはいえ、やはりどこか糖尿病食に気を使わざるを得なかったのだから悲喜劇的である。

それにしても、ほかの病気ならできるだけ栄養価の高い食事をとれ、美食せよと医者がいうのに、糖尿病はその反対をすすめるのだからけったいな病気もあるものだ。しかも進行した場合に、惨害は心臓に飛び腎臓に飛び、時には失明、足部切断の悲劇をもたらす。

その糖尿病が私の場合、全快したわけではなく、別にまたパーキンソンを発症し、歩行難、バランス失調の症状は消えていない。

そのくせいま日常アッケラカンと暮らしているが、これはひとえに疼痛《とうつう》や苦痛がないからというだけのことで、七百回の晩飯もあやしいという事態に刻々と迫りつつあるのは確かだ。

それからもう一つ、私には特に強い感想かも知れないが、いままで述べてきた病気はどれも、いわゆる老人病。七十四歳にもなればこういう病気が現れてくるのは当たり前で、いままで無事にすごしてきたのが僥倖《ぎょうこう》だったのだ、という諦念《ていねん》があることで、病気と闘う元気が薄い。こういう患者は医者や介護者にとって助かるのか、それとも世話のしがいがないのか。おそらく後者だろう。

そうはいうものの、死に神の姿をおぼろな影のように何百日かの向こうに眺めながら、ただ無為に待っているのは何としてももったいない。

献立表作りのような次元のひくい行為ではなく、もっと高い対処法がありそうなものだ。

人生の後始末

人間の死に方は、分類法によってどんなにも分類できるだろうが、私は「人生と密着した死に方」と「人生と分離した死に方」と二大別するのも面白いと思う。

本人の意志とは無関係な事故死は除く。

「人生と密着した死に方」とは、死の瞬間までいままでの全人生を背負いこんでいる死に方という意味だ。自分の手がけた仕事のなりゆきから心離れず、自分とかかわり合った人々への思い去らず、自分の全生涯を圧縮したような死だ。葬式には何千人という人を集めるが、相続がらみで遺体の押しつけ合いや奪い合いを始める例も少なくない。そのことを予想するなら、死ぬにもおちついて死ねない心境なのではないか。壮絶といえばいえるが、騒々しい死に方だ。

近い例といえば、一代にして名声と富を築いて急死した某ファッションデザイナーを見よ。

「人生と分離した死に方」とは、死期の近いことを予感したとき、もしやり残しの仕事があれば余人にゆだね、あとに残りそうなトラブルはすべて清算し、身辺すべて空無の状態にして死のみを凝視してその日を待つ死に方だ。

近い例をいえば、死病の公表も禁じ、葬儀や告別式も辞退した某コメディアンを見よ。

むろん右の表現は、それぞれのタイプの極端なもので、人によって決心の濃淡、あるいは心情の転変があるだろう。

夏目漱石だって、生前しばしば弟子たちに「僕が死んだら万歳をとなえてくれ」といっていたが、いよいよ命旦夕《めいたんせき》に迫るや胸をかきひらいて「ここに水をぶっかけてくれ、死ぬと困るから」といった。漱石の頭には未完の大作『明暗』のことがひしめいていたに相違ない。

私は望むらくは後者にしたい。それもきのうきょうの発心ではなく、二十歳すぎに書いた日記を見ると、葬式ハ好マズとはっきり書いている。日夜空爆のひびきに満ちた東京の空の下であった。

身辺すべて空無の状態にして、などと禅坊主みたいなことができるか、という人があるかも知れないが、戦前は田舎の婆《ばあ》さんでも、無用な妄執は後世のさまたげになると、ちゃんと承知していたのである。

葬式は寂しかるべし

後始末の悪い死に方と、後始末のいい死に方と。

世の大半の人は、「それは後始末のいい死に方をしたい」と一応は答えるだろう。

しかし第三者から見ると、後始末の悪い死に方のほうが面白い。死後にまで問題を残すくらいだから、仕事も未完成で、愛した女も二人三人にとどまるまい。往生際もさぞ悪いだろう。週刊誌に出るほどの人物なら必ずその好餌《こうじ》となる。一生に恨みをいだく者千人くらいは作ったろうが、葬式には数千人の会葬者を集める。

往生際の悪いところも、見ようによっては悲壮味をおびて感じられる。私もこういう人物を主人公にして何十編か小説を書いているので、私としてはこういう苦しい状況に堕《お》ちた人物に敬意すらおぼえているのである。

片や、一物もあとに残さず、生前の仕事や恩愛ある人はすべて捨て、ただ一人で死んでゆく。

咳《せき》をしても一人　尾崎放哉

鉄鉢の中へも霰《あられ》　種田山頭火

俳句にすれば格好いいが、実際はこれまた「地獄」に相違ない。しかも常人はなかなか放哉、山頭火の境地には達せられそうにない。

しかし私の好みからいえば、やはりこの後者の死に方を選びたい。それは善悪の問題ではなく趣味の問題だ。

私などがやれば、沈香《じんこう》も焚《た》かず屁もひらずを地でゆくことになるにきまっているが、私はそれが好ましいのである。

会葬者なども家族をふくめて十人内外がよろしいと思う。その人数のお葬式が野辺送りという名にふさわしく、詩情にみちているからだ。

もっとも今は、野辺送りなどという光景が消滅してしまったから詩情もへちまもないが。

野辺送りに限らず、一般に人の死に詩情というものが地を払ったようだ。無葬式論者の私がこんなことをいう。

さて読者もお気づきであろうが、平成にはいって八年、ここのところ目立って私の同業者、すなわち作家諸氏の急逝が相ついで報じられるようになった。みんな六十代後半から七十代前半で、私よりも若い方々である。

恐るべき女性の長寿力

ここ数年、六十代後半から七十代前半の作家が枕をならべて斃《たお》れてゆくように見えるのは、私の錯覚か、それとも偶然の現象か。

その方々の死に至るてんまつはつまびらかにしないが、週刊誌二本に小説を連載中の人もあったところを見ると、みなさんそれぞれ軽くない仕事をかかえての死ではなかったかと想像される。ペンを握ったままの死といえる最期は勇ましいに相違ないが、掲載誌を出している雑誌社の困惑は一通りではあるまい。だいたい七十代以降、週刊誌に小説を二本連載しようというのがムチャなのだ。「後始末の悪い死に方」の典型といえるだろう。

しかし——日本人の平均寿命は、男性は76・36、女性は82・84だそうだが、右の作家たちは大半その平均寿命にも達していないのだ。

それはそうと、右の統計でも明らかなように、日本女性の長寿力こそ恐るべし。

その平均が82・84だから、83以上のバーサンは雲霞《うんか》のごとく日本中に充満していることになる。二十一世紀には六十五歳以上は四人に一人の割合になるそうだから、仮にこのバーサンの大群を一堂に集めたと想像してみよ、いや一堂なんかには集められない。全国四十七都道府県中十県くらいはバーサンだけで占められるだろう。

しかもこのバーサンたちの元気なことは、いま人のすべてが認める通りだ。老齢になって妻に先立たれたジーサンは一年後にボケ、三年後にそのあとを追うといわれているのに対し、夫亡きあとの女性は長い束縛を解かれたごとく意気潑剌《はつらつ》として、あるいはスポーツへ、あるいは趣味の世界へ舞い出してゆくのは、これまた人の知る通りだ。

それどころか小説を本業としている女性の作家ですら、多くは男性作家より腰が据っている観があり、さきごろお亡くなりになったが、宇野千代さんが九十余歳にして、「わたし、死なないのじゃないかしら?」と豪語されたのもむべなるかな。

女人大往生

それにしても神さまは、どうして女性を男性より六歳も長生きするように作り給《たも》うたのか。

たとえ日本だけの現象にしてもである。

その理由について、私なりの解釈はこうである。

女性は男性にくらべて、もともと月経、妊娠、分娩などの負担を背負っているから、神は女性に対して男性にまさる耐忍力と復元力を持つ肉体を与えられた。もともと女性のほうが男性よりも生命力にみちた原始細胞を持って生まれてきたのである。

無神論者のはずの私が神さまを持ち出すのは可笑《おか》しいが、宇宙や生物の神秘を論ずるときは、どうしても造化の神らしきものの力を想定せざるを得ない。特にその力に悪意あるいはカリカチュア化の意志を感じるにおいてをやだ。

男女の創造に神のいたずらッ気を感じるというのは、そもそも女のほうが丈夫に作られているというのに、外形は女のほうが小柄でやさしいかたちに神が作られたからだ。

それに錯覚を起こして、男は女の保護者の役割にみずからを任ぜようとし、女はそれをアテにする。

いまどき女性を男の被保護的存在だなどといったら、笑い出す人があるかも知れない。怒り出す人もあるだろう。が、少なくとも近年まではこの図式が成立したのではないか。

鳥籠に飼われた鳥は、野鳥にくらべて数倍長生きするという。外にあって弱肉強食の世界で鳥籠を護《まも》ろうとするのが男だとあえて見立てると、かくて平均寿命六歳の格差が生じたと言いたくなる。

なお神が女性のほうに多量に与えた耐忍力と復元力は、肉体のみならず精神力にも影響を及ぼした。死に対する態度である。女性は死に対して男よりも平静なのではないか。死についての恐怖を吐露した男性の文章は多々見受けるが、そんな女性の文章を私は読んだことがない。

多少の年齢差はあるとはいえ、女性もいずれは死んでいくのだろうが、近年没した身の周りの老女のだれかれを思い出してみても、あたかも密林の中の湖へ黙々と沈んでゆくという象の死を見るような気がする。

子孫の死

女性のほうが死を恐れないという私の見解が事実とするなら、ありがたいことに私は女性に近い。

もっとも死に対する恐怖の個人差は、それを計る道具がないが、自分ではそう思っている。七十歳になるまでは病気一つしなかったのに、それを過ぎると急にいろいろな障害があらわれ始めた。

糖尿病と、それによる視力低下、パーキンソン病と、それによる歩行困難。便秘とアル中ハイマー（これは小生の造語）。

去年三カ月も入院し、糖尿病食によるものか、十キロも減量して退院したが、右の病状は回復したわけではない。

それに対して私は平然としている。

生来の横着な性分のせいもあるだろうが、どこか心の隅で、七十四にもなれば右のような障害の二つや三つ起こっても当然だと考えているところがあるからだ。

実は私は、自分の死よりもこわいことがある。老年のよろこびは無責任にある、と高言したくせに、子や孫たちの死ぬ日のことを想像すると、自分の死より恐ろしい。

五人の孫は十代前半だから、ふつうに生きれば七十年くらい後のことになるだろう。そのころは平均寿命はまだのびているだろうから、八十年後になるかも知れない。

そのころはどんな世の中になっているだろうか。それがまったく見当もつかないから、恐ろしい。途中で水爆死をとげるおそれさえあるのだから笑いごとではない。

それから、私にとってさらに笑いごとではない空想がある。

地球滅亡の日だ。

何十億年かのちのことだからSFの話と同様だが、SFとちがってその日は必ず来るのだ。

この必ず来るということが恐ろしい。その日にめぐりあわない時代の人類に生まれたことをつくづくありがたいと思うが、その日にめぐりあう人類のことを想像すると、ひとごとでも恐ろしい。

理想的な死の一型

巨大な、腐った銅《あかがね》色をした、しかもどこか半透明な円盤が地の果てに浮かんでいた。

それが見える地域の町々の辻という辻には、黒山のように人々が集まって、みな円盤のほうを指さしたり、何か叫んだりしていた。

彼らはそれが死滅期にはいった太陽であることを知っていた。それも昨日今日のことではない。何万年も以前からの現象であることを知っていた。それなのに、その太陽が見える場所にくるときのうの太陽とのちがいを発見して、恐怖の叫びをあげずにはいられないのであった。

もう何百年も前から、地球上では原子力発電による農産物の生産に頼っていたが、それでも樹々草木はすべて枯れ、生き残っている生物は、昆虫と鼠とわずかな人間だけであった。

——おやおや地球死滅の日のことは、このエッセイにいつかも書いたのに、またあとに戻ってしまった。

あれは個人的な死のごときは、人類滅亡のときの凄惨壮絶さにくらべれば児戯に類する、というつもりで書いたのだが、何度書いても恐ろしさは変わらず、この運命はのがれようがない。ま、その日の到来は必至のものとしても、何十億年か先のことを気に病んで首を吊《つ》る人はあるまい。

それより余生が限られているなら、残る若い人たちの参考になる一家言でも吐いて死んだほうが賢明なようだ。

私は以前から人間最後の言葉としては、勝海舟の「コレデオシマイ」、近松門左衛門の「口にまかせ筆にはしらせ一生を囀《さえず》りちらし、今はの際にいふべくおもふべき真の一大事は一字半言もなき倒惑」という言葉を最高作と認めていたが、最近尾形乾山の辞世に心ひかれるようになった。

江戸の入谷に窯場《かまば》をひらいた老乾山は晩年仕事もせず、病んでも薬も飲まず、世話する人もなくひとり老いさらばえて影のように生きていた。

ある夏の日、長屋の戸がひらかないので、近所の人がのぞいてみると、辞世を一枚残して乾山がひとり死んでいた。

「うきこともうれしき折も過ぎぬればただあけくれの夢ばかりなる」

一両の葬式

おっと、尾形乾山にはもう一枚遺言らしきものがあった。

「放逸無慙《むざん》八十一年、一口呑却《いっこうどんきゃく》、沙界《しゃかい》大千」

というものだ。

しかし今の私は、意味がわからないなりに、何やら凄味《すごみ》のある漢語の遺書より、平凡な歌の辞世のほうに共感をおぼえる。

それにしても彼はいかなる「放逸無慙の人生」を送ったのであろう？　この偉大な陶工の生涯はほとんど不明である。

近所の人々は、この老やきもの師が尾形光琳の弟で、兄と相ならぶ大芸術家であることを知らなかった。ただ輪王寺に多少ゆかりのある者だというだけのことしか知らなかった。そこで輪王寺の用人にかけ合って、一両下げ渡してもらって、寂しい葬式をいとなんだ。

乾山はたった一人で死んだ。が、何という人なつかしい死に方だろう。

いろいろな徴候から、自分に残された日々は数百回の晩飯を食うに足るのみ、と予感して、せめてその日々をいままでの人生の欲求不満を満たすものにしたいと思い立ったのだが、どうも満足できない。

だいたいいままで七十余年、満たされなかったことが、千にも足らぬ残日で叶えられるわけがないのかも知れない。

日本人の平均寿命にはまだ少し足りないが、私は充分に長生きしたと思っている。それをふりかえってみても、七十余年あぶない曲芸で切りぬけてきたような気もするし、まったく無意味なからっぽな人生であったような気もする。

世の長寿者の方々は、自分の人生をふりかえって、どちらに属するとお考えだろうか。

私には風のなかに尾形乾山の唄声がきこえる。
「うきこともうれしき折も過ぎぬればただあけくれの夢ばかりなる」
しかし、そんな唄声をききながらあと千回の晩飯を食って終わるのは、あまりに寂しい気がする。

黄粱一炊の夢

自分の余命はあと数百回の晩飯を食うに足るのみ、と漠然と予感してから、もはや一食たりともあだやおろそかに食事はしない、と発心したものの、いざ実行するとなれば、食事というものは欲するときに欲するものを食ってこそ美味しいのであって、何年も前から作成された献立表など、有害無益以外の何物でもない、と悟った。

私は、もう一つ意外な思いちがいをしていたことに気がついた。老化の問題である。特に歯だ。六十五歳のとき炭火で焼いたトウモロコシを横ぐわえにして食べられたのに、七十歳を越えるとそれが不可能となったのである。

それにしても、私自身は人生六十五歳定年説、正しくは生存許容説を提唱しながら、それから十年近くたって、まだ生存しているのはどういうわけだ。

この十年、古今の大傑作を書いたわけでもなければ、人類に対していささかの貢献をしたというのでもない。ただ無為空漠、ウイスキーの空きビンの類をふやしたばかりだ。うきこともうれしき折も過ぎぬればただあけくれの夢ばかりなる、を地でいっているようなものだ。

終日座睡的な日常にあって、それでもときどき眼をあけて日本のことなど考えることがあるのが可笑しい。私は、日本は昭和四十年代のころが一番「良き時代」ではなかったかと考えている。まったくのあてずっぽうだが、三十九年からの新幹線開通や東京オリンピックなどをふりかえってそういうのである。

ものの本によると、一国の異常な繁栄期は意外に短いそうだ。その国が繁栄を不動のものとするかどうかは、ひとえにその繁栄期の間の舵《かじ》のとり方にかかっているという。この舵とりにしくじれば、歴史は非情なものでその国は永遠に三流国の鎖にしばられてしまう。

「日本の繁栄期、あれは黄粱一炊《こうりょういっすい》の夢だったのかな?」

ときどき座睡の夢からさめて私はつぶやく。

人間の肉体も国家と同じく、外見異常はなくても内部で黙々と毒素をふやし、あるときから牙をむいて主人に襲いかかる。

私はいま急速に視力を失いつつあるが、その治療として先月(平成八年九月)二十六日、白内障の手術を受けた。

私は七十四歳という望外の長寿を得て、果たして何らかのメリットがあったのだろうか。世の中を見ると、みんな長生きするのに懸命なようだから、やはり長生きすれば何らかのメリットがあるのだろう。

私自身は老来何かと不便なことが多く、長生きに余得があるとは思えないが、それにつけてもここ十年程前から感じていることがある。

それは世の中の美人がすこぶる減ったのではないかという事である。

それは美人の代表たる映画女優をみて感じるのだが、昔のように圧倒的な美女が近来稀ではないか。

およそこの世を荒涼とさせるもの、五歳以下の子供と、二十歳前後の娘の姿を見ることの少ないことに及ぶものはない。

この際、気楽な余談になるが、近年小津安二郎、山中貞雄のビデオ映画を見る機会があったが、どちらも庶民の暮らしを舞台とする映画の名手でありながら、山中貞雄の方に流れる一道《いちどう》のあでやかさは、小津の及ぶところではなかった。小津と山中は戦前、映画会社を異にするのに大変仲が良かった。そのつきあいで小津は映画には美人女優を使わねばならないと山中から肝に銘じて学んだにちがいない。

戦後の小津映画に必ずマドンナ的美人女優を登場させ、やがて寅さん映画に山田洋次監督がマドンナを使ったのも、その「秘伝」を踏んでいるのにちがいない。

さて、近来の日本の映画女優に圧倒的な美人が少なくなってきたのに何やら、さびしさを感じている理由の一つは二十歳前後、この世のものとは思えない程美しかった女優が四十歳、五十歳になってもまだテレビ等に出演して「美女の果て」の姿を見せてくれることによる。

彼女達は年をとったのではなく、こちらが長命したために彼女達の老化の一生を見る羽目になってしまったからである。

長生きのデメリットにはこういう例もある。

死こそ最大の滑稽

自分が年をとるのはなんでもないが、美人の年をとるのを見るのは、なんともうら悲しい。なぜ突然今頃、小津安二郎、山中貞雄を持ち出したのだろう。彼らのような名監督にしても、やはり美女を必要としたという事をいいたかったのである。

それにしても死ぬにあたって、なんとか名言を残そうと首をひねって、まず浮かんできたのがエンもユカリもない二人の映画監督の話だとは情けない。

実をいえば世の中に美人が少なくなったというのは、私の錯覚にちがいない。美人の確率などは昔から不動のものに決まっている。美人が美人に見えなくなったのは、私の老いの致命的なあかしにちがいない。

そういえば、あと千回の晩飯に一度食べたご馳走を再現しようと思いついたというのも、もの臭《ぐさ》じみている。

要するに近松門左衛門じゃないけれど、今わの際にいい遺すべき一言半句を私は持たないのだ。

先月下旬から某病院に入院し、白内障の手術を受けた。その結果、白内障の方は良くなったが、網膜出血の方は元に戻らない。糖尿病やパーキンソンは依然として元のままである。

結局私は中途半端に病気をかかえたまま、あの世に行く事になるだろう。

いろいろと死に方を考えてみたが、どうもうまくいきそうもない。私としては滑稽な死にかたが望ましいのだが、そうは問屋がおろしそうもない。

ただ、死だけは中途半端ですむことではない。死こそは絶対である。生きているうちは人間はあらゆることを、しゃべりにしゃべるのだが、いったん死んだとなると徹底的に黙る、未来永劫に黙る。

あるいは死ぬ事自体、人間最大の滑稽事かもしれない。

風山房日記

アルツハイマーの一日

ありふれたこのごろの私の一日を、千鳥足風に書いてみようと思う。

同年配の友人で、身体不自由になった連中がふえてきた。脳梗塞とか心臓病とかのためである。人間、半身不随となると、日常生活的には全身不随といっていい状態になる。

私はまだ、さいわいに五体は支障なく動くので、いまのうちに大いに旅行でもしようと思うのだが、それがこのごろ私も難儀になってきた。

というのは、夜、不眠の習性がようやくタタリをなしてきたのである。ただ夜半から朝まで起きているのがここ何十年かの習いで、これまでは旅行に出ても、それでも何とかとりつくろってきたのだが、その折り合いがつかなくなったのである。

決して不眠症なのではない。寝ることはけっこう寝ている。

ホテルや旅館で、真夜中にめざめてもどうしようもない。隣りに同伴者が寝ているので、テレビはおろか電灯もつけるわけにはゆかない。

夜があけるまで眼をパチクリさせながら、いったい何しに旅行に出かけたんだろうとかんしゃくが起ってくる。輾転反側どころか、七転八倒だ。

かんしゃくまぎれにがばとはね起きて、部屋に備えつけの冷蔵庫からウイスキーをとり出して、ガボガボあおって、しらしら明けのころにやっと眠りにつく。起きてみるともう昼近い。これではほんとに何のために旅行に出かけたのかわからない。

それどころか、去年（平成四年）の春など、外房の鴨川に一週間ほど滞在したのだが、このウイスキーのガブ飲みですっかり胃をこわして、毎日の夕食が食えなくなった。そのホテルは一流の板前がいるらしく、実にみごとな料理が山のごとく出てくるのだが、一箸か二箸しかつけられない始末であった。板前さんにも申しわけない。

思い出したが、この鴨川滞在のあと、茨城県に脳梗塞の友人がいるのを見舞いにゆくことにした。この友人は産婦人科の医者だが、産科の医者でも脳梗塞を起すことがあるのである。

九十九里浜を北上して、その家を訪れると、杖をつけばヨタヨタ歩きはできそうである。そこでこれを連れ出して、福島県境にちかい袋田温泉へ足をのばした。

で、その夜二人で大いに飲んだのだが、胃炎の男と半身不随の男が大酒を飲むのもムチャだが、そもそも見舞いにいった人間と見舞われた病人が、手をとりあって温泉へくりこむのも、考えてみればあまり類があるまい。

いや、こんな旅行の話をするつもりで書き出したのではなかった。旅行すると不眠による不都合が起るのだが、家では夜寝られなくてもちっともかまわないということを書くはずであった。

なぜなら、家では寝られなければ起きて、隣りの書斎にはいればいいのである。

私は毎日、午後五時半前後から晩酌にかかる。

この原稿は四月の末に書いているのだが、ことしはこの季節にまだコタツがとれない。で、コタツに坐って晩酌をやるのだが、顔を横にむけると、ガラス戸を通して庭が見える。

地上には、パンジーとチューリップの花壇の向うに、木瓜《ぼけ》の朱、すずしろの紫、椿の赤が彩《いろど》り、その上に赤い花水木《はなみずき》、さらに一枚ガラスにはいりきらない桜の大樹。

満開時の壮観は消えていまは新緑の葉桜だが、背景としてきょうは黄砂の空のようで、そのくせときどき金色《こんじき》の斜陽がさす美しさは、花どきのみならず、わが家の庭ながら夢幻の世界かと思われる。

それを眺めながら、まずコップ一杯の冷たいビールを飲んで、つぎに大コップにオンザロックのウイスキーを飲む。

昔はボトル三分の一を定量にしていたが、いつのまにやら少しずつ減って、いまではコップ一杯半が適量らしい。それでもあまり無造作にボトルを傾けるので、先日も編集子三人ばかりが同席していたが、呆れかえった顔でそれを見ていた。

これを一意専心、飲み、かつ食う。

家内が見ていて、その飲みっぷり、食いぶりが、あんまりがつがつしすぎているとよくいう。

その家内も、やはり薄い薄い水割りでお相伴《しょうばん》しているのだが、見ていると一杯飲んで、つぎに飲むのは三十分ばかりたってからである。そんな間のびした飲み方はとうていできない。

そこで何を食ったかというと――その夕食から、一睡していま五、六時間たっているのだが、もう何を食べたかきれいさっぱり忘れている。家内が、食わせ甲斐がないと歎くのももっともだ。

何かで読んだ記憶によると、故池波正太郎さんは毎日の食事の献立を、何十年か一日も欠かさず克明にノートされていたという。ただ献立のみならず、その味から作り方まで記録されていたという。

で、何年か前、そのまねをして私もやってみたことがあるが、半月で降参してしまった。これは簡単そうで、相当な精神力を必要とする。家庭内ならともかく、料理屋とか旅館だとメニューは数十種にのぼるだろう。しかもそれが時間をおいて順次出てくる。これをそばにノートをおいて、いちいち書き入れているのじゃ、まったく飲んだり食ったりしている気がしないだろうと思う。

それで思い出したが、夏目漱石にも「食事表」なるものがある。大正五年十一月に書いたものだ。

十一月七日　午《ひる》　カマス二尾
パン
バタ
葱《ねぎ》味噌汁
〃　　　晩　　牛《ぎゅう》玉葱
ハンペン汁
栗八個
パン
バタ
十一月八日　朝　　パン
バタ
鶏卵フライ一個

たったこれだけである。取合せも変ちくりんだが、貧寒きわまるものだ。まるで病人食である。漱石はこの翌月胃潰瘍で死ぬのだが、べつにこのとき病人だったわけではない。こんなものを食って胃潰瘍で死ぬとはワリに合わないと思う。

で、私の話にもどるが、夕方食べたものをけんめいに思い出してみると、ゆでたそらまめがあったようだ。トマトと豌豆《えんどう》をそえたポークソテーがあったようだ。鰻の白焼きがあったようだ。筍《たけのこ》とワカメとチクワの煮ものがあったようだ。鶯菜《うぐいすな》の漬物があったようだ。それから酒のあと、鰻重《うなじゅう》を食ったようだ。

これを御馳走と見るか見ないか、人の見る眼はいろいろだろうが、自分ではまあ御馳走だと思っている。少くともきらいなものはない。自宅の食事のいちばんいいところは、きらいなものは出てこないということである。

谷崎潤一郎は、ぼたん鱧《はも》（鱧を骨切りにしたものに葛粉《くずこ》をたたきこみ、ゆであげたものをスマシにしたもの）が大好物で、これを食うときは椀に顔をつきこまんばかりにし、汁をまわりにはねちらすのもかまわず、それを見た高峰秀子が、まるで猛獣が餌物にかぶりついているようだと表現しているが、そんな壮観には遠いけれど、とにかくこちらもけんめいに食う。

私は食事については巨人大鵬卵焼きで——この形容もアナクロニズムになりましたな——鰻やビフテキなど大好きで、升《ます》のすみに塩をのっけて、それでキューッと一杯をあおるなんて飲み方はとうていできない。

一日二食、ときには一食のことさえある食生活でありながら、とにかくいままで病気もせずに過してきたのは、ひとえにこの晩酌のときの食事のせいではないかと思う。

それで大量に食べるかというと、実は常人の半分、ないし三分の一くらいしか食べないのじゃないかと思う。もともと食は細いのである。

これは若いころからそうであった。昔、高木彬光さんといっしょにヨーロッパ旅行したとき、高木さんが数時間おきに出る機内食をかたっぱしからたいらげて、それでも足りずにワゴンにのせてまわってくるパンまで二つ三つ手を出すのを、見るに見かねて、自分のパンを食われるわけでもないのに、「こら、いいかげんにしないか」と、どなりつけたくらいである。

もっとも、人間は他人がニガニガしくなるほど大喰《おおぐら》いで、メカケの三人くらい持つやつでないと大事業はできない。食の細い人間はただ息をしているだけだ、というのが平生からの小生の見解だが――ただし、ただ無芸大食の人もたしかにありますがね――考えてみると、食の細い人間にも一得はある。

国民総難民ともいうべき戦争中を思い出すと、私のように食の細い人間は、自分では気がつかないが、そのためにずいぶん助かっていたのではないかと思う。食の細いために生存し得た、ということもあるのである。

それはそれとして、いまの私は食う。量は少いにせよ、我流で食い、かつ飲む。

ところが、食ったものは数時間後には忘れてしまうし、それどころか、客といっしょに食事をすることも多いのだが、その客と話したことは、約束ごともふくめて、みんな忘れてしまう。

人づき合いの下手な私など、酒席は唯一の社交の機会のはずなのだが、かくのごとく自分勝手な飲み方なので、全然人づき合いの助けにならない。

私の夢判断

前回で私は、私の怠惰なる一日のうち、毎夕晩酌を飲む話を書いた。そのつづきである。しかし私はまだ酒席を持つことができる。

私の大ざっぱな観察では、男十人のうちほんとの酒好きは三人、アルコールを全然受けつけないのが三人、あと四人がつき合いで飲むという割合ではないかと見えるが、この酒を飲まない、飲めない人々の家庭の夕食はどういうものか、まるで見当がつかない。飯だけの食事なら、十分か十五分で終ってしまうはずだが。——

ふしぎといえば、その場次第で飲むというめんめんだ。ときどき同年配の人々と旅行することがあるのだが、この連中、ゆきの汽車のなかでもう飲んでいる。宿屋の夜はむろん大酒宴だ。そして朝になるとまたお銚子をならべているのである。それで私がその一人に、「いったい晩酌はどれくらい飲むのだ」と、きくと、「いや、家で晩酌はやらないんです」と澄ましている。

内田百閒の随筆に、知人を訪ねておひるどきになると、そこの奥さんが鰻丼とビールを運んでくる。晩酌を一日の何よりのたのしみにしている百閒先生は、それを飲んだり食べたりすると夕《ゆうべ》の酒の味に支障をきたすのでむっとふくれあがって鰻丼の箸をとると、因果なことにこれがうまかったりして、という文章がある。一方古今亭志ん生みたいに、朝五合、昼五合、夜一升と、のべつまくなしに飲んでいる人もある。

で、百閒型のつもりの私は――おそらくその旅行の参加者のなかでいちばん飲んベエではないかと思う私が、その朝酒の宴《うたげ》を、ひとりつくねんと坐って飯を食っているという風景となる。

――さて私の晩酌の目的は寝ることにあるのだから、定量を飲むと、ふらふらと寝室へはいって寝る。

その睡眠だが――私は夢はよく見るほうだと思う。

他人からすれば、およそ世のなかで何がくだらないといって、夢の話ほどくだらないものはないが、自分からすればこれほどふしぎなものはない。事実として、毎日の無感動な暮しのなかで、夢の世界ほどはげしく精神をうごかされるものはないような気がする。そこで私の夢について、二、三書いてみる。

私はこわい目にあったり、化物に追っかけられたりするような夢をめったに見たことがない。むしろ可笑《おか》しい夢を見て夜半思わず笑い声をあげて家内に叱られたりすることが多い。ときには私のほうが化物になってだれかをおどす夢を見たりする。これは私が案外気が強いせいか、または平生の気の弱さの代償現象か、自分でもよくわからない。

それでもむろん、大困惑事に追いつめられる夢は見る。

その困惑事に、どういうわけか大邸宅を作って、その借金でのっぴきならぬ状態におちいる夢がある。それが二度や三度ではない。その邸宅たるや、大寺院風のものであったり、西洋の城《シャトー》風のものであったり、ケタはずれなのだ。とにかくそれを作ってしまって、支払いの見込みは全然なく、ああこの始末をどうしよう、とウナされて目がさめるのである。

私は申しわけないけれど、ひょんなめぐりあわせで身分不相応と思われる家に住んでいるから、家が欲しくてこんな夢を見るはずがない。何とも腑におちない夢である。

それ以上に私がふしぎに思うのは、第一にこんな風に覚醒時にはまったく考えたことのないことを夢に見るということで、第二にそれを何度か見るということだ。

私の書庫には、フロイトの『夢判断』がある。上下二巻の浩瀚《こうかん》な本なので、まだろくに目を通したことがないのだが、まあ夢には意味がある、とか、潜在意識に関係がある、とか書いてあるのだろうと思う。ところが私はこんな大豪邸の夢のみならず、大半の夢が、どう考えても何の意味か不明で、また、まるで潜在意識などとは関係なさそうな夢なのである。

ウナされるような夢といえばこれくらいで、たいていは目がさめてから笑い出すような夢が多いのだが、なかでも愉快なのは、空を飛ぶ夢である。これはもう十回くらい見たか知らん。

歩いていて、ふと爪先立ちになる。その歩行をつづけていると、ヒョイと身体が浮かびあがる。そしてそのまま軽く高く空中を——スーパーマンのごとく水平に泳ぐのではなく——ふつうの歩行の姿勢のまま歩いてゆくのである。

ああ、自分にはこんな能力があったんだ、と自分で感心する。

先夜も、こうして空中を歩いてゆくと、どこか山岳の谷へきた、という夢を見た。そこへ下りてみると、若い男たちがキャンプしている。きくと、早大山岳部の学生たちであった。口々に私の空中歩行について質問するから、

「いや、べつにむずかしいことじゃないんだよ。だれでもできるよ、こうやって爪先立ちになって——」

と、コツを教えていると、むこうの森のなかから白人が一人出てきた。西部劇に出てくるような房だらけの洋服を着て、手に大きな皿を持っていた。皿の上には何か食物が盛りあげられ、これはみなへのプレゼントだといった。

「あれはだれ？」

と、私がきくと、学生の一人が答えた。

「あれはヒマラヤへ最初に登ったヒラリー隊長です」

そこらで目がさめたようだ。

ところで私は、前日はもとより、ここ数年間ヒラリー卿のことなど考えたことはないので

ある。早大山岳部などまったく関係がない。

いつぞや明治の史伝家田岡嶺雲《れいうん》という人の『数奇伝《さっきでん》』という本を読んだら、彼もしばしば空中遊行の夢を見た話を書いていた。しかしそれは彼が梅毒による脊髄癆《せきずいろう》を病み、歩行不能の徴候をおぼえたからの悪夢であった。が、むろん私はそんなおっかない病気は持っていない。

どうしてこんな夢を、何度もくりかえして見るのか不可解である。

空中遊歩の夢など、なんど見ても愉快なのだが、といってその夢を望み通りに見るわけにはゆかないのが残念である。

最近にも医者の友人が、このごろ夢に興味をおぼえてこれから研究してみようと考えている、と手紙に書いてきた。これが産婦人科の医者なのである。

産婦人科の医者がどうして夢の研究などする気になったのかよくわからないが、しかし難しい研究だと思う。

そもそも研究という以上、自他ともにおびただしい夢の実例を集めなければならないが、まず他人の語る夢の話が、ほんとうに見た夢と同じものであるかどうか疑問だ。

フロイトほどの大学者の書いた本だから、そんなことにぬかりはあるまいから、『夢判断』を読めば納得するかも知れないが、自分の見た夢さえ、さめた瞬間からみるみる変質してゆくのはだれでも自覚していることだろう。

記憶の消えてゆくのはもとより、人間の理屈づけ、意味づけ、故事《こじ》つけの本能は不可抗力的なもので、嘘をつく意志は毛ほどもないのに、結果的に嘘になることが多い。

先ほどのべた私の空中歩行の夢でも、無意識の潤色があるかも知れない。さめてからの夢の再現が自分だけの作業である場合でさえあてにならない。ましてや他人の夢の話においてをや。夢の研究には、まず第一にこの不可抗力的な作り話が難関となる。

人間には脳波というものがある。脳から自然に発生する電位変動のことで、精神活動、感覚刺激による変化を、頭部に電極をおいて記録し、測定するそうだ。

詳しいことは私の知識の圏外にあるが、これを利用して、ちょうどテレビで映像を電気信号に変え、それをまた映像に変えるように、脳波から、その脳に描かれているものを映像として見ることができないか知らん。

猿の見る夢を見ることができるなら、それは超天才の世界だろうという文章を読んで、まさしくその通りだと同感したが、爬虫類だって脳波はあるだろうから、これを見ることができれば、その異次元の怪奇さはスピルバーグどころではあるまい。

いや、夢以前に、さめているときも脳波はいよいよ活発にうごいているにちがいないから、例えば国会証人喚問を受けた代議士や政商の脳に活動しているものを刻々映像として見ていたら、爬虫類の脳の世界以上、常人ならみんな発狂してしまうかも知れない。そしてその国民総発狂に至る脳波を、これまた映像化するのである。……

こんなことを夢想しながら私はグータラグータラ眠る。時間は午後七時ごろから十二時前後までだ。

この間は、たとえノーベル賞をくれるという電話があっても起こしてはいけないと、家人に厳命してある。

風老残散読記《ふうろうざんさんどくき》

毎晩ウィスキー、ボトル三分の一を飲んで寝て夜半眼がさめる。睡眠五時間ぐらい、だから眼がさめると十二時前後である。ホテルとちがって、寝室の隣りに書斎があるのだからこれはありがたい。そして、そこで仕事をするか、本を読むかする。

というといかにも恰好よさそうだが、実はこのごろ仕事はしない。何より字が非常に書きづらく——少くともきわめて他人には読みづらい原稿しか書けなくなったからである。おそらくこの原稿もそうだろうと思う。

指には何の変化もない。身体のほかの部分にも特別の異常はないのだが——はて、これはいかなる原因にもとづく事態か知らん？

次の読書だが、これも別に仕事のための読書ではない。その時どきにちょっと好奇心を誘った本を読むだけで、それらの本になんの脈絡もなく、まったくの時間つぶしである。

いま、この半年ばかりに読んだ単行本をメモしてあるので、それによって並べてみると。――

板倉聖宣『日本史再発見』、学芸書林『京都の歴史』第三巻、山本健吉『俳句読本』第一巻、第二巻、第三巻、山口啓二『鎖国と開国』、夏樹静子『女優X――伊沢蘭奢《らんじゃ》の生涯』、出口保夫『ロンドン塔』、横溝正史『犬神家の一族』、江戸川乱歩『月と手袋』(これは短篇)、山室信一『キメラ』、今谷明『武家と天皇』、高橋庄次『芭蕉庵桃青の生涯』、西義之『定年教授の食卓』、林玉樹・平井輝章『実録日本映画の誕生』。

驚くなかれ、私は平成五年夏に至って、はじめて横溝さんの『犬神家の一族』と、乱歩さんの『月と手袋』を読んだのである。ひとえに私の天性の横着さのせいだが、何だか心すまぬ予感があったからでもある。

その予感はあたっていた。

『犬神家の一族』は『獄門島』と同工異曲の筋立てによるものだが、ゴチャゴチャして『獄門島』よりだいぶオチるようだ。私はこれを映画化したりテレビ化したりした脚本家の能力に感心する。私は観たことはないが、おそらく上出来ではなかったろう。

『月と手袋』は、数少ない乱歩さんの戦後作のなかの一篇である。乱歩は本格探偵小説の鼓吹を生涯の悲願とした。戦後に至ってもこの悲願を実作で果たそうとした。が、乱歩を大乱歩たらしめたゆえんのものは変格物であったのだ。このけんめいな本格物が乱歩の傑作とならなかったのはあながち不当とはいえない。ただこの作品は乱歩の予見しなかった値打ちを生み出している。それは倒叙形式で、容疑者を執拗に追いつめて真犯人だけに通じる心理的威圧を加え、ついに音《ね》をあげさせるという例の「刑事コロンボ」の手法を先取りしていることだ。

『女優X』は大労作である。――伊沢蘭奢と少年徳川夢声との一件は『夢声自伝』で知っていた。さすがに夢声はだいぶぼかしていたような記憶があるが――とにかく徳川夢声は怪人だ。あんな風変りな人生を送りながら本人はあくまで正常人であろうとしているのが怪奇なのである。そこがエノケンやロッパとちがう。書いたものもサービス精神が旺盛すぎるが、笑いあり哲学あり、なかなか面白い。どこか『夢声全集』など出してもいいと思う。ダラダラしたロッパの日記などにまさること万々である。

小説ばかりでなく、とにかく本を読めばいくばくかの新知識が得られる。

平安朝のころは牛車《ぎっしゃ》というものが都大路をねり歩いていたのに、その後西洋のように馬車が出現しなかったのはなぜだろう？　とは、私のかねてからの疑問であったが、『日本史再発見』はその謎をといてくれた。

それは、日本に山坂が多いからだとか、馬車が走れるほどに道が整備されていなかったとか、日本馬が小さかったから、などの理由のほかに、中国で馬車が流布しなかったからだという。

中国で馬車が流布しなかったわけはわからないが、とにかく日本は文化的装置や道具など、どこか外国の手本がなければ自分で発明することができない国民だから、あるいはこれが最大の理由であったかも知れない。明治になって西洋には馬車があると知って、たちまちそのまねをしはじめたのだ。

その明治以来百年近く、ロンドンを訪れてロンドン塔を見物した日本人は、英文学者だけでも何万人あるか知らないが、ロンドン塔の歴史や景観について書かれたものは漱石の『倫《ロン》敦塔《ドン》』以外にほとんどない、ということを出口保夫さんの『ロンドン塔』ではじめて知った。漱石の『倫敦塔』以上のものは書けないと、みんなシャッポをぬいだせいらしい。

右にあげた本のうち、西義之氏は私と同年なので、ときどきお手紙をいただいたり、さしあげたりしているご縁で御著書『定年教授の食卓』を頂戴したのだが、定年教授とは東大名誉教授のことだ。いまは金沢に隠栖していられる。

さてその御著書のオビに、「老残の愉しみは食にあり！」と大書してあるのに、こりゃあんまりだと憮然としておられた。オビを作った出版元の若い担当者が悪意なく無神経に書いたのだろうが、そういわれて改めてつらつら眺めて、私はゲタゲタ笑い出した。

しかし老残とは詩的快感を催させる言葉だ。これからは手紙に、西老残先生へ風老残より、と書こうか知らん。

それから芭蕉や俳句の本を読んでいるけれど、私自身は一句も作れず、また作ろうという気もまったくない。「病人の氷枕やヒヤシンス」というだれかの句を思い出すたびに笑い出し、これは天下の名句だと感心しているくらいの男である。ただふしぎなことに俳句の本を読むと心がおちつくのでわりによく読む。

さて、以上のごとく書きつらねると、一応の読書家に見えるかも知れないが、実はそれほどでもない。いま勘定してみると半年に十四、五冊、一ト月にして二冊半くらいで、作家どころか一般の読書家よりヒドい。

それも精読とはいえない。みずから「散読」と称しているような読み方だ。いま『広辞苑』を見るとそんな言葉はないけれど、散歩があるなら散読があってもいいだろう。

いま広辞苑といったが、その広辞苑がこのごろきわめて読みづらくなった。

私は中学時代からの近眼に近来老眼が重なったせいか、奇妙なことに眼鏡が要らなくなった。で、いつのころからか本を読むにも原稿を書くにも眼鏡なしである。

それがまたこのごろ広辞苑も読みづらくなった。——これにはいささかあわてて、改めて検眼してもらい新しいメガネを作ってもらおうと、デパートの眼鏡屋へいった。すると検眼後、眼鏡屋さんがいうには、「これは眼鏡屋より眼科のお医者さんのほうです。ごく初期の白内障だと思いますが」とのことであった。

「へへえ」といったが、こんどはあまり驚かなかった。そういわれてみればそんなこともあり得るだろうと考えたからである。

それから一年ほどたつが、もちまえの横着さからまだ眼医者さんへいっていない。

ともあれ、本をあまり読まなくなったのはこのせいもあったのだ、といまにして思いあたる。

広辞苑でまた思い出したが、そういえば夜なかに私がまだやっていることがある。三夜に一度か、ときには一夜に数度は悩まされていることだ。

ふだん何気なく使ったり耳にしたりしていることが、ふっと頭に浮かんでひっかかるのである。言葉に関する疑問が多い。たいていは辞書その他で調べて、ああそうか、ということになるのだが、忙しいときは少なからず困る。

いつぞやこの随筆で、はて「殺風景」とか「片男波《かたおなみ》」の語源は何だろう？　と気になって調べたことを書いているが、この間もふと「院」の字がひっかかった。

院のつく言葉は数々ある。衆議院、病院、養老院、寺院……おまけに戒名まで院がつく。私の亡父の戒名は春岳院何とかである。

ついでにいえば、談合やら賄賂やらでいま世をさわがせているゼネコンの一つ大成建設、あれはホテル・オークラにも名をとどめる明治以来の政商大倉喜八郎の作った大倉組の後身だが、組とは非近代的だというので大成建設と改名したものだ。

これが大成院殿《いんでん》礼本《れいほん》超邁《ちょうまい》鶴翁《かくおう》大居士という――字を見なければ家族にも唱えられないだろうが――なんと大倉喜八郎の戒名からきているのである。

さて、この院だが、どうもそう呼ぶ対象が雑多すぎる、と首をひねって辞書を見たら、垣根でとりまかれた宮殿風の大きな建物をいうらしい。
それでなるほど、とまではいえないが、ともかく納得することにした。
こんな要らざるまねをしている間にも、夜々は流れてゆく。

夜半《よわ》のさすらい

前項に、私の夜なかの読書について書いた。

しかし、それほど熱心に本を読んでいるわけではない。「散読」と形容したような散漫な読書である。実はほんとうに散歩していることが多い。書斎の中を、である。

私は八帖と六帖を書斎に使っているが、双方とも本に埋もれて、まるで物置だ。それでいよいよ狭くなった空間を、縦に浮かせたコンニャクみたいにふらふら歩いている。

べつに小説の構想とか哲学的瞑想にふけっての歩行ではない。いちおう酒後の睡眠で眠りは足りたから起きている。起きているから動きたいだけで、まったく無意味なふらふら歩きである。

それでも人間の脳というものは因果なもので、十分間も無念無想でいるわけにはゆかない。さまざまな感想や疑問や新発見や一人合点が泡のように浮かんで支離滅裂にながれてゆく。

その例として、ここ数日のそんな断片をいくつかならべてみる。

〝いつか読んだ『静かに流れよテムズ川』という本で、著者（女性）が、バスにあおむけに横たわった自分の身体のぶざまさを歎いていた。イギリス暮しの長い著者でさえ西洋風呂には違和感を禁じ得ないようだ。

まして私などまったく同感の至りだが、つらつら思うにわれわれは、バスを日本流の風呂と同じように扱おうとするのが――たとえば一定時間湯ぶねに身を沈めることなど――まちがいじゃないのか。日本人にとって風呂は保養の場である。だから銭湯に富士山の絵など描く。

これに対して西洋人は、バスはただ身体を洗えばよい場所で、そのためには石鹸をつけてシャワーをあびれば用はつとまり、バスはそのシャワーの受け皿にしているだけじゃないのか。西洋人にとって、風呂はただ垢の処理場である。だから浴槽といっしょに便器をならべる。〟

〝小学三年の八割はサンタクロースの存在を信じ、五年の八割は信じていないそうだ。四年生はその境目の悲しい年齢だという。

思うに人生は、夢や幻想がさめてゆく過程だといっていい。

親は子に対して、子は親に対して、夫は妻に対して、妻は夫に対して。

税金を払うときは国家に対して、死床にあるときは医者に対して。

そして、自分は自分に対して。

それでも大半の人間はふしぎに絶望しない。〟

〝ハイクは俳句ではない。あれは三行詩だ。〟

——歩きながら、夜半起きてから十何本目かのタバコをくわえる。呼吸の代りにタバコをのんでいるようなものなのに、まだ肺ガンの徴候もないのは、天道是か非か。

〝世に両論あるとき、たいていの場合自分は優柔不断だ。たとえば臓器移植の問題にしても、人間は他人から臓器をもらってまでも生きる必要はない、と考える一方で、十歳以下の子供を残す母親の場合など、そう断定していいか迷う。

それでも、世の論議がどうあろうと、ハッキリ一方に断案を下している例がないでもない。

曰く、臨終のときにおける医者のむりな延命策は、ヒューマニズムにそむいた暴行であり、天意にそむいた悪徳である。

曰く、異民族のなしくずし流入は極力制限すべし。異民族は異宗を伴っている。世界の国々の最大のトラブルは国内の異民族と異宗教の不和によるものが大半である。何も好んで将来の大悶着を背負いこむことはない。

曰く、人間に野獣性があるかぎり、文武両道は国家の基本である。〟

——歩きながら、大久保彦左衛門になったような気がする。それにしても大久保彦左衛門はいつもメガネをかけているが、どうして検眼したのかな。

〝この世に不満どころか、このごろ何にでも感心して困る。

映画やテレビで、端役の俳優の何でもない演技にも、うまいもんだと感心する。歌手なんかも、前座クラスの歌手でも、さすがはプロだなあ、と感心する。

野球でも、あのハラハラドキドキを毎日くり返してよく心臓が持つもんだと感心する。相撲でも、そもそも曙や小錦なんて異次元の大怪物と取組み合うということ自体に感心する。

毎週毎月出る雑誌の数にも感心する。内容が何であれ、よくまあ何か書くことがあるもんだ。

居酒屋にゆくと、壁に何十種類かの料理の品書きがならんでいるが、注文するとそのどれでもが自動販売機のように出てくるのに感心する。

また大臣が議会で、何とも答えづらいことをきかれて、言語明瞭意味不明の答弁でとぼけ通す技術にも感心する。

そして、虫が交尾しながらモリモリと相手を食べちゃうのにも感心する。〟

〝味覚の世界は突飛だ。

ライスカレーに福神漬、イナリずしに紅ショーガなんてだれの思いつきだろう。メロンに生ハムなど、こちらはまだ釈然としないが。とにかくこの福神漬とライスカレーが、または紅ショーガとイナリずしが最上のカップルと決定するまでには、候補者間に相当に熾烈《しれつ》な争闘があったと見るべきだ。

味覚に容器のかたちが関係するのも可笑しい。

ザルソバを丼に盛られても困る。ライスカレーを重箱で出されても困る。〟

〝私は見たこともないが、いま作家の大半はファクスなるものを使っているらしい。それほど科学の世の中なのに、
なぜ塗ってぬぐうとすぐヒゲのとれるクリームが発明できないのかな。

なぜ透明な氷のできる冷蔵庫が発明できないのかな。

私が近代科学？　に期待するのはいまのところこの二つくらいなのだから情けない。透明な氷はオンザロック用である。

しかし、ついでに、なぜ？　を持ち出せば、
なぜ相撲でマワシの解けない結び方ができないのかな。

なぜテレビは同じ時間帯に同じような番組しかやらないのかな。

なぜ宮内庁は千年も前の天皇陵の調査を許さないのかな？——この問題に関するかぎり、宮内庁は「国民の敵」であると思う。〟

——歩きながら、屁がひとつ出る。年をとると、食も小便も屁の音も細くなる。

とにかく深夜の書斎で、屁をふくめてだれも聞く者のないひとりごとだから何とでもいえる。

〝戦前戦中、私はむろん私の身辺の人々はみんな不幸であった。

父は身重《みおも》の妻（すなわち私の母）と幼い子（すなわち私）を残して死んだ。母は、なお少年の私と幼い妹を残して死んだ。祖父は老年に至って医者の息子（つまり私の叔父たち）を

三人も戦死させた。みんなあえぐような苦悩のなかにこの世を去っていったのだ。

ところが家内のほうには、そんな不幸を背負った身寄りの人々はいない。

真新しい感慨でもないが、人間にはやはり、生まれながら不幸な運命の影をひいた家系と、幸福な光につつまれた家系があるらしい。

戦後の私がまず天下太平の日々をすごしてきたが、それは妻の余映を受けているのかも知れない。〟

〝このごろ駅の地下道などに、ダンボールをめぐらせてたてこもるホームレスの人々がふえた。それを横目で見て通りながら、自分がああなる危機はいままでの人生で少くとも七、八回はあったと思う。そうならなかったのは自分の才覚によるものではなく、まったくの偶然だ。なかにはそれが危機であったと気がつかないものもあった。〟

――毎夜書斎や隣の書庫のなかをふらふら歩きながら、その本を横目でながめ、どこにどの本があるか、知りつくしているはずであった。

ところがある本が必要となると、ああふしぎやな、その本が忽然《こつねん》とかき消えているのはどういうわけか知らん。

〝私は「鎮魂」という言葉がきらいだ。生者が死者のことを自分勝手に扱って、鎮魂のためと称する。鎮魂とは、死者の最後の恨みをなぐさめるという意味だろう。

それが、まるで見当ちがいのことが多い。

葬式だって死者のためではなく、生者のための儀式である。〟

——日は日くれよ夜は夜明けよと啼蛙《なくかわず》

私は蕪村のこの句が好きだ。蕪村は昼夜鳴きに鳴く蛙に呆れて詠《よ》んだだけかも知れないが、私は私なりの解釈で共鳴をおぼえる。

夜になると早く朝になればいいと思い、昼になると早く夜にならないかと時計を見る。

内田百閒の随筆に、真夜中トイレにはいって、はていま何時かな？ と考えると、壁のなかから「午前二時だよ。……」という声が聞こえてくるという話があるが、私の場合、夜でも昼でも、ちらっと壁の柱時計を見あげると、時間は不定だがいつも二十分である。何の意味もないが私には神秘的だ。

それにしてもあと私の時間はいくらもないのに、どうしてこんな生き急ぎ、あるいは死に急ぎの心理にかられるのだろう。

もっともこの心理のはしっこに、朝酒と晩酌を待つ分子もまじっているのが滑稽だ。

日は酒くれよ夜は酒くれよと啼蛙。

蛙はまた鳴くか知らん

毎晩、真夜中から、何の脈絡もない、さまざまな雑念や妄想を浮遊させながら書斎のなかを散歩している。

ときには人間なみに、日本の政治や経済についての意見もあるが、政治評論家や経済評論家のような知識はまるでないから何の役にもたたない。――それにしてもいまさらのことではないが、最近の政治家の無能、無責任、愚鈍ぶりは言語に絶する。彼らは与党、野党を問わず、こぞって日本を亡国の淵へ導いてゆくかに見える。

小説のことはあまり考えない。

こういう時間をすごしながら、実は私はちっともたいくつしていない。老年にはいって、こんな閑適な夜を持つことができることを、思いがけない幸福に感じている。

しかし客観的に見れば、無為無用の時間にはちがいない。

そのうちに外には鳥の声がきこえはじめる。何もしないのに、けっこううすら眠くなる。

そこでまたふとんにはいるのだが、うすら眠いのに眠れないのである。とにかく前夜七時ごろから真夜中まで五時間くらいは寝ているのだからあたりまえだ。

悩んでいるうち、何年か前にふと気がついた。毎晩晩酌をやるのは、酒を味わうというより眠るためだが、朝だってそれをやればいいじゃないかと。

で、家内が起きるのを待ちかねるようにして、酒の用意をさせる始末と相成った。晩酌はウイスキーだが、朝は趣きを変えて日本酒を飲む。やってみると、ナルホド、安らかな「又寝」ができる（この言葉は百閒先生の随筆でおぼえた）。

それで、ずっと大昔、やはり朝酒を飲んだことがある、と思い出した。それに関連して、手打ちうどんを作ったことも思い出した。

そのころは夜原稿を書いて朝を迎えることが少なくなかった。夜じゅうタバコを吹かしているから、口も胃も荒れていて、とうていふつうの食事などとる気がしない。で、ざるうどんを食うのだが、それを文字通り自分で手打ちうどんを作るのである。

おそらくそのころの町で売っている乾麺が気にいらなかったのだろう。そのためにわざわざ小さな製麺機まであつらえた。まともな朝食をとる気にならないほどヘトヘトになっているというのに、ご苦労千万にも、ねじり鉢巻で粉だらけになって、自分で小麦粉をこねにこね、足で踏んづけ、製麺機にかけるのである。

製麺機を買う前は、できあがるのは、きれぎれの縄《なわ》のごときうどんであったが、それでもコシがあってウマいのである。このごろある雑誌の随筆に、手作りの手打ちうどん（というのも可笑しな言葉だが）はいかなる名産地の乾麵にもまさる、とあるのを読んだが、これはほんとうだ、と思った。作ってから食うまでの時間は早いほどいいらしい。で、この自分の獅子奮迅をねぎらうために、そのうどんを食う前に一杯やるのである。このうどん作りが何年つづいたか、いつのまにかやめてしまった。ふつうの店で売っている乾麵でもけっこううまいものがふえてきたのと、私にそんな元気がなくなってきたせいだろう。

同時に朝酒を飲むこともなくなった。やめたのは、朝酒を飲むとアルコール分がいくらか夕方まで残って、晩酌がうまくなくなるのと、それからやはり、朝も晩も飲みつづけはあんまりだ、それじゃ小原庄助さんだと自制する心もあったからだ。

それがここ数年来、復活した。晩酌が少しくらいまずくても朝酒で寝られるのならけっこうだと考えたのと、七十すぎたら小原庄助さんでもいいじゃないかと悟りをひらいたからだ。それにしても十代からタバコは飲み放題、酒も飲み放題で、七十過ぎまで肺ガンにも肝硬変にもならないのは、いったいどうなっちゃってるんだろう。

で、朝から酒を飲んでいる。小原庄助さんがどれくらい飲んだか知らないが、近代でも朝五合、昼五合、夜一升という大人物がいた。五代目古今亭志ん生である。こちらはそんな豪傑のようなわけにはゆかない。大ぶりのコップ一杯だけである。

その結果はやはり睡眠にはいり易い。寝て、昼近くに起きる。おひるすぎから夕方身体にはアルコール気が残っている。みずからアル中ハイマーと称するゆえんだ。

午後は散歩したり、客と会ったり、いささかの原稿を書いたりする。おひるすぎから夕方まで五時間くらいが、私の「生きている」時間で、あとは寝ているか酔っぱらっているかのバチ当りな生活である。

さて、書くに値しない無為ぐうたらな私の生活を書いてみようとふと思い立ったのが去年(平成五年)のことだ。「アル中ハイマーの一日」と題する文章を本誌に書いたのが去年の六月号だから、これで約一年くらいになる。庭の葉桜の大樹を眺めながらオンザロックを飲んでいる話からはじめているが、また、その季節になった。もっともこの随筆は毎月ではなく三カ月に一回、原稿にして一回十枚だから五回分約五十枚である。

いろいろとりまぜて書いたのだが、ここ数年どの日も同じようなものだから、ある一日としてもさしつかえはない。

無為といっても、去年は隅田川をはじめて周遊したり、音にきく東京都庁のタックス・タワーにはじめて上ってみたり、テレビの「徹子の部屋」にすッ頓狂な顔を出したりしたが、そのなかで最も心に残っているのは、わが家の庭のオタマジャクシの件なのだから、何をかいわんや。

わが家の庭には、壁泉《へきせん》というものが設けてある。煉瓦で壁を作って、上から水が落ちる仕掛である。依頼した設計者も不案内な仕事だったとみえて、私の意にそわぬものができあったが、とにかくそんな仕掛のもので、その水の流れおちる下に小さな池様《いけよう》のものがある。すると、ここ数年、どこから来たのだろう、毎年その池のほとりで蛙が鳴くようになった。多摩の丘の上だが、とにかく舗装された道が縦横に走っている住宅街のまんなかである。その中を、車にもひかれず、塀を越えて、せいぜい半坪の池を見つけて、よくここへ来たもんだ。

一匹ではない。少くとも二匹の合唱だが、これが窓をあけているとテレビの音も聞こえないほどやかましい。

もともと田舎育ちの私は、しかしそののんきでばかばかしい声を、郷愁とともにたのしんでいた。

ところがある日のこと、家内がその池にオタマジャクシのいることを発見した。呼ばれてのぞきにいってみると、なるほど、いる、いる。何百匹かの小さなオタマジャクシがうようよと泳いでいる。

へへえ、と眼をまるくし、さてはあの蛙の鳴声は彼ら夫婦が生んだオタマジャクシたちへの激励の声であったのか、と思いあたった。

しばらく感心して見ていたものの、さてこれがみんな蛙になったらわが家の庭はどういうことに相成るか、いや彼ら自身どうして生きてゆくのか、という不安にとらえられた。

かへるごの池いちめんになりたらば　術《すべ》あらめやと心散りをり

という斎藤茂吉の歌を知ったのは後のことだが、「心散りをり」とは心が乱れるという意味だろう。私もそのとき同様の恐慌をきたした。

「流せ」

と、私はいった。

排水口をあける。オタマジャクシはみんな流されていった。

その夜から蛙の声はぷっつり絶えた。おそらく二匹の両親は悲嘆の声をあげながら、どこかへ立ち去っていったのだろう。——ことし、また蛙の声が聞こえるか、どうか知ら。

これがこの一年の間に、いちばん私の心を、いまでも哀愁の念で満たす事件だというのだから、いかに波風のない日々をすごしているかわかるというものだ。

さっき散歩のことを書いたが、歩くのは住んでいる町の中の道である。これがゴバンの目のようになっていて、私のコースは一定している。

若いころは、六十代だろうが七十代だろうが、身体に病気のないかぎり同じようなものだろうと考えていたが、これが大ちがいなんですな。六十代はゆるやかなカーブで下ってゆく感じだが、七十代にはいると階段状になる。それも一年ごとにではなく、一ト月ごと、いや一日ごとに老化してゆく感じである。

この一年でも、ゴバンの目を歩くコースが一スジか二スジ減った。どの道もなだらかな坂になっているのだが、その途中で一度か二度足をとめて息をととのえることが多くなった。息をとめて、ひとりごとをいう。「蛙はまた鳴くか知らん?」

散歩に出かけるのがおそい時間になると、帰るのはたそがれどきになる。この時刻家に帰るのは、私の生活では珍らしい。すれちがう人の顔もよく見えず、家々に灯がともりはじめると、自分の年を意識する一方で、ふと母がまだ生きていた少年時代に小石を蹴りながら家に帰ってゆくような幻覚に襲われる。

そして帰宅すると、オンザロックのグラスがひかる食卓にヨッコラショと坐る。この一連の随筆は新緑の葉桜を眺めつつオンザロックをかたむける行事から書きはじめたのだが、一年たって同じ風景になった。

近頃笑いのあれこれ

このあいだ、ふと古いアルバムを見ていたら、途方もない珍写真があらわれた。

三十年ほど前、私がゴルフの練習をやっている写真だ。

そのころ多摩の聖蹟桜ケ丘という丘の上の町に引っ越したら、車で五分ほどのところに桜ケ丘カントリーがあるのを知って、編集者が、「こんなにゴルフ場に近いところに住んでる人はありませんぜ。是非メンバーになりなさい」と勧めて、その上、ゴルフの先生まで紹介してくれたので、庭にネットを張って練習をはじめたそのころの写真なのである。

むろん先生のいないときのものだが、それにしてもスゴイ。麦藁帽をかぶり、ユカタがけに片肌ぬいで尻っからげになり、おまけに下駄をはいている。このイデタチでクラブをふりあげているうしろ姿だ。

いかに自宅の庭とはいえ、これほど不謹慎な、というより、メチャクチャな練習をやる男が、まともなゴルファーになれるはずがない。果せるかな、カントリーのメンバーにはなったが、ゴルフはそれっきりになってしまった。

この珍写真にゲタゲタ笑ったついでに、——これを下駄下駄笑いという——そのころやはり自分の異装に笑いころげた事件を思い出した。

庭の茂みのなかにわりに大きな蜂の巣があるのを発見して、これをとりのぞく必要が生じたのだが、長い竿を使ってもあぶないようだ。そこで、傘をひらいて背中にしょい、その上から蚊帳《かや》をかぶって（そんなものが世にあったころの話である）蚊帳のあいだから竿をつき出してテキに迫るという工夫を編み出し、実行した。

が、傘にかぶせて、それが平安貴女の枲《むし》の垂絹《たれぎぬ》のような恰好のいい蚊帳なんてあるはずがない。その大部分は傘の上に盛りあがり、ガダルカナルのジャングルで草をかぶって這《は》い寄る日本兵のような怪異の姿となった。

その姿で蜂の巣へ向って竿をつき出してジリジリと進撃しながら、いや可笑しくて可笑しくて、身体じゅう折りまげて笑ったが、残念ながらこのほうの写真はない。

こんなことを思い出して、はてそのときこのかた三、四十年、これほど笑ったことがあるか知らん、と首をひねったが、頭に浮かんでくるものは別にない。右のばかばかしい想い出以外、この三、四十年笑ったことがないはずがない。笑ったことはたしかにあるはずだが、狂気のごとく笑ったとなると、「さあて」と首をひねる。

だいたい笑いというものは、理由あっての笑いはたいして可笑しくないものだ。とうていゲタゲタ笑いというわけにはゆかない。さしたる理由がないか怖ろしく下らない理由のもののほうが爆笑をひき起す。だからあとで考えると何が可笑しかったのか自分にも不可解で、他人に説明しても他人のほうは、それこそ可笑しくも悲しくもないことが多い。だから本人も思い出せないのだろう。

こんどは、そこまでゆかなくても、ごく最近笑ったのはどんなことだろうと考えてみる。

そうだ、この春笑ったことがある。

食事中、家内がふと私を見て、

「恍惚とゴハン食べてるね」

と、いった。

私はわれに返り、その数瞬やや天を仰ぎ眼をつむって飯を食べていたことに気がついた。それから笑い出した。

これが酒なら可笑しくはない。飯だから可笑しいのである。別に考えごとをしていたわけでもなければ飯の味をかみしめていたわけでもない。ただ偶然そんな状態になっていただけだ。それだけになお可笑しかったが、これなども可笑しいことにはあまり理由がないといういい見本である。

それからまた、この春歯医者の待合室で笑ったことがあったっけ。

一人の老紳士が治療室から出てきて、受付に首をいれて、

「それでこんどはいつおうかがいしたらいいのですか」

ときいていた。

「二十三日の一時半ですか。けっこうです」

と、うなずいてから、

「それは午前ですか、午後ですか」

と問い返して、何か向うで答える声がして、老人は頭をかいた。

「はあ、午後一時半ですな。わかりました」

きいていて、待合室の人々はみんな笑い出した。午前一時半に歯医者にゆく人間なんてあるわけがないことに気がついたのである。私も笑ったが、いやひょっとすると自分もうっかりあんなまちがいをするかも知れんぞ、と考えた。

そうそう、また笑ったことを思い出した。

この冬のある朝、雪がふった。晴れてから、おひるごろ私は散歩に出かけた。

雪国生まれの私は、少くとも三十センチくらいつもらないと雪がふったという感じがしないが、東京では十センチもふると大騒ぎする。その朝も、もうあちこちに雪のけをした跡が見られた。まだ雪かきをしている姿も散見された。

それを見ると、たいていは主婦らしいご婦人である。雪かきはむろん自分の家のまわりだけである。それでも「奇特なことだ」と感心しながら歩いていた私は、そのうちふと奇妙なことに気がついた。

場所によって、その雪のけのやり方がちがうのである。ある家の前の道は、車の通る部分だけ雪が両側にのけられている。ある家の前の通りは、塀ぎわの雪が車の通る道へ投げ出されている。どうやら前者は車が通行し易いようにするためだが、後者は雪を車でかき消させるためらしい。

さて、どちらが賢明な除雪の法だろう？　と、首をひねりながら歩いているうち、ふと私は、いままで見たかぎりではあちこち離れてこの二つの除雪の法が行われていたようだが、もし隣り同士であったらどうなるだろう、と考えて笑い出した。シャベルをかいこんで大口論をやっている二人の主婦の姿や、または一方が血相変えて往来のまんなかの雪を塀ぎわに放り投げる。一方がその雪を眼を吊りあげて往来のまんなかへ放り投げる、という漫画的光景が頭に浮かんできたからだ。

もうひとつ、去年（平成五年）のことになるが、小和田雅子さんが婚約中の皇太子を毎日ご訪問になるために、自邸の玄関から外に出られる。そのときのファッションがいつもちがうのが、毎日テレビで映し出される。それを「雅子姫七変化《へんげ》」と書いた新聞だか週刊誌だかがあって、これにも笑った。

以上、いずれも大哄笑とまではゆかない。ふふっと鼻息をもらす程度の小市民的笑いだ。テレビといえば、私はテレビをめったに見ないが——というのは、前に書いたように夜昼たいてい寝ているか酔っぱらっているかなので——それでも好んで見る番組がいくつかある。その一つは海底の動物を映した記録映画だ。

深海に生きているさまざまな生物は、その大半が、われわれがふつうに見る通常の魚類や貝類や甲殻類のかたちを具《そな》えていないように見える。ことごとく怪異の異形《いぎょう》だ。そのくせどこかユーモラスな印象を持っている。

あるいは岩の一部そっくりの形態を具えていて、そばに小魚でもくるとふいにパクリと口をあけるもの、あるいは鼻のあたりから釣竿と釣糸を出し、おまけにその先に餌らしきものまでぶら下げて魚をおびきよせるもの——ユーモラスではあるが、まさしくそこが魔界であることを思わせる。

とっぴなことを持ち出すようだが、ここ一、二年の政治家の行状は常軌を逸している。背信、虚言、変節、貪欲——以前から政治の世界はそういうものが横行するものであったが、それにしても近来は異次元の世界の様相をおびている。金権腐敗を弾劾《だんがい》して立った新権力者が、自分も得ていた怪しき金の出入の説明がつかず、それを弾劾するのがこれまた金権党だなんて、どれが目糞やら鼻糞やらわからない。

そのくせ口先だけではみんなもっともらしいことをいう。——そのいくつかの顔をテレビで見ていて、こいつら何かに似ている、と思ったら、それは海底動物の世界だ、と気がついて私は笑い出した。これは小市民的笑いではなさそうだ。

しかし地球上のあらゆる生物は、何十億年か前、海底から発生し、それが進化して、だんだん地上に這いあがって現代の人類にまでなったものだそうだが、その中でなお海底動物の魔界の資質をいまだとどめている——ただし、ユーモラスな味は失って——種族が政治家になるのかも知れない。

——ところで前項に、「蛙はまた鳴くか知らん」と題し、去年庭の池に蛙がおびただしいオタマジャクシを生んで、それがみんな蛙になると困ると考えて流してしまったが、それっきり親蛙の声が絶えた。ふびんなことをしたと書いたが、ことし蛙はまた来て鳴き出しました！

池をのぞいてみると、またオタマジャクシがウヨウヨしている。——あんなに後悔したくせに、結局また流してしまった。これも魔界の所業かも知れない。

B級グルメ考

文藝春秋刊の『B級グルメのこれが美味《おい》しい！』という文庫本を見ると、B級グルメとは、いわゆる五大丼《どんぶり》と三大ライスのことで、五大丼とは天丼《どん》、うな丼、カツ丼、牛丼、親子丼を指し、三大ライスとはカレーライス、チキンライス、ハヤシライスを指すらしい。

私はこのほかに、麵類とかお惣菜《そうざい》などのなかにも、B級グルメにはいるものがあると思うが、要するに高級料亭とか高級レストランとかでは出さないが、庶民が好んで食べる食物をそう呼んでもいいと思う。

B級グルメといえば、戦後の闇市の屋台店などを思い出すが、何が材料だかエタイの知れない食物で、これは美食《グルメ》とは呼べないものかも知れない。

それよりB級グルメといえば、思い出すのはソウルの南大門市場だ。

韓国旅行をしたのは、昭和六十二年秋のことだが、私の日記に曰く、

「実に驚くべき市場なり。迷路のごとき通り道の両側にあらゆる食料品——魚、干物、野菜、果物——それに豚の頭までが盛りあげられて、ケンカのような売り声が耳を聾《ろう》するばかり、

雑然、紛然、混然、轟然たり。売る者も買う者もまるで乞食の大群のごとし。その狭い通路のあちこち、やや広くなった辻に台や椅子を出し、酒飲む人あり、大鍋に煮たものを食う人あり。燃料はすべて煉炭にして、この煉炭を走って運ぶ女あり、もし火事を発すればいかなることになるや慄然とせざるを得ず、されど人々みな平然たり。

これぞ人間の生命の大渦、大噴火口と見ゆ」

私はこの市場のなかの居酒屋で、豚の頭でもつついてマッカリを飲みたくなった。旅行の都合がつけばそうしたかも知れない。

B級グルメの見本のような場所であったが、だいたい私はA級グルメの高級料亭などより、こんな場所のほうが居心地よく感じるのである。味だって、A級グルメよりB級グルメのほうがウマいのじゃないかと考えているくらいだ。

ところで右の五大丼、三大ライスからわかるように、どうやら日本では、飯の上に何かかけたり、混ぜたりしたものはB級とされるらしい。

しかし同じ米食民族でも日本以外では、むしろそのような食べ方がふつうのようだ。いま日本以外ではといったが、実は日本人もこんな食べ方が大好きで、外食する際は大半が麵類かこの五大丼、三大ライスの厄介になるのではないか。

そこで一歩すすめて、いっそ雑炊屋を作ったら、千客万来の繁昌をするだろうと思う。雑炊といえば、私などしかし悲しい記憶がよみがえる。

いっとき日本には雑炊時代というものがあった。

「三越と伊勢丹の雑炊にならぶ。約一時間かかる」

昭和十九年六月某日の私の日記の一節である。敗戦の前年で当時私は二十二歳の学生であった。

場所は新宿で、デパートでは商品らしいものは何ひとつ売っておらず、ただ最上階に雑炊食堂があって、これに各階の階段を埋めて長蛇の列がつながっていた。

どこの雑炊に箸が立つか立たないかということが重大な話題で、いずれにせよ一軒だけではとうてい足らず、一軒の雑炊にありつくと、すぐに二軒目へかけつけなければならなかった。三越と伊勢丹と書いてあるのはそのためだ。

「三越はスラスラ行列が進行するのに、伊勢丹の方はなかなかうまくゆかない。十分間くらい停止していたりする。売る方の係が無能なのか設備が不足なのか、それに同じ二十銭でも三越の方がうまい。デパートも雑炊によって品評される時代になった」

いま思い出しても、古事記の「黄泉戸喫《よもつへぐい》」をやったような気がする。

こんな悲しい記憶は、あのときだけの悪夢としたい。雑炊には、高級料亭のA級グルメの総仕上げともなる値打ちがあるのである。

雑炊屋をひらくなら、私の構想では、雑炊は十種類くらいにして厳選し、それぞれ専門店ならではの味をそなえれば必ず成功すると思う。

雑炊とは兄弟のような食い物だが、汁かけ飯というやつも時々はウマいものだ。これはCクラスの食い物だとつつしむところもあるので、このごろはあまりやらないけれど、それでも味噌汁がホウボウとかカワハギなどの白身の魚をダシに使ったものだと、つい汁かけ飯にすることがある。鮭の酒粕汁《さけかすじる》を汁かけ飯にしたものもウマい。

酒粕汁といえば、映画の名匠小津安二郎も酒粕汁が大好物であった。小津は一種の美食家で、男の日記には珍らしく毎日の食事をわりに丹念に日記に残しているが、その昭和三十年の記録に、

［一月十七日］

夜、鮭粕汁をつくる。美味。

［一月二十二日］

朝、鮭粕汁を拵《こしら》える。美味。

［二月一日］

鮭粕汁にて夕めし。

などとある。厖大な日記をいいかげんにひらいて見かけたものだが、相当な頻度である。

小津が名作といわれる「東京物語」を送り出したのは昭和二十八年のことだから、昭和三

十年といえばアブラの乗りきった盛りだが、独身であったはずの彼はみずから鮭の粕汁を作ったのだろうか。

ついでにいえば谷崎潤一郎も、黒砂糖を酒粕でくるんで焼いた「酒粕まんじゅう」が大好物であったという。材料から見るとBクラスの菓子に思えるが、ちょっと食べてみたい気がする。

さて、酒粕汁の汁かけ飯がウマいとは、右に書いた通りだが、それであるとき、それならはじめから粕汁の雑炊を作ったらさぞウマいだろうと思いついた。で、作らせてみた。するど、これが全然ウマくない。ウマくないどころか泥のようなD級のしろものになってしまった。

次にこれは成功作の話。

わが家で愛用する料理に「チーズの肉トロ」と称するものがある。例のとろけるチーズを薄い牛肉で握りこぶしの半分くらいに包み、サラダ油で焼いたもので、これをナイフで切って食う。正しくは肉のチーズトロというべきだろうが、語呂の関係で「チーズの肉トロ」と呼んでいる。

材料は上等だが、二、三分でできる料理だし、高級レストランなどではまず出てこないだろうから、やっぱりB級グルメの一種といっていいかも知れない。

この料理のことをある随筆に書いてもう十年くらいたつのに、先日も一読者から、数年来

「チーズの肉トロ」を食べつづけているがまだ飽きがこないという礼状がきた。

もう一つ、これもB級とはいえまいが、わが家独特の調理で、ビフテキを食うためにビフテキソースを使わず、すり下ろしたニンニクにちょっぴり醤油をたらして、これをビフテキになすりつけて食べる。客が来たときソースとこれとならべて出し、お好きなほうをというと、たいていの人がニンニク醤油のほうをえらぶようだ。

それから、昔、ワビ・サビの極致のような食い物をこころみたことがある。

丼鉢に醤油をいれ、味の素をふりかけ、それに輪切りにした生大根をいれる。そして数十分後に食べると、醤油味と大根のホノ辛さがまじり合って実に好適な酒のサカナにも飯のおかずにもなるというのである。

昭和二十年代のことで、これを私は新聞か雑誌の随筆で読んだのだが、「フーム、これは案外イケるかも知れんぞ」と手を打った。何しろ書き手が書き手である。永井龍男氏なのである。

永井龍男氏はすでに歯切れのいい短篇や洒脱な俳句の名手として令名のある人であった。その人が推賞するのだからと、早速私はこれをこころみた。

が、これはあまりウマくなかった。大根の一夜漬けに劣ること数等である。

内田百閒先生が酒のサカナに珍重されていたものにオカラがある。酒のサカナならいいが、これを山盛りにして、レモンをふりかけ、それだけで真夜中から朝までシャムパン（百閒先生の表記法）をかたむけていられたとは、人の味覚をはたから云々してもはじまらないが、常識的にはどう見てもB級いやC級のサカナといわざるを得ない。

今はどうだか知らないが、昔の作家は文豪といえども貧寒きわまる食事をしていたようだ。グルメの大王谷崎潤一郎、食いしん坊の小島政二郎、みずから包丁をとった檀一雄など数人をのぞいて、一般に作家は粗食の人が多かったようだ。

茄子《なす》の味噌汁、茄子の煮物焼物、茄子の漬物と、茄子ずくめで満足していたという森鷗外の食卓、毎晩一汁一菜で、その一菜も余れば翌日娘たちの通学の弁当のおかずにしたという夏目漱石の食卓の例もある。ああ、常人ばなれした大食の正岡子規があるが、あれは迫りくる死に抵抗する狂い食いともいうべきもので、しかもその献立を見るとB級グルメの見本のようだ。

永井荷風に至っては、晩年庭先の七輪に土鍋をかけ、何の雑炊かエタイの知れないものを箸でかきまわして食っていたという。

あまりB級グルメ礼讃論をやっていると、そのうちこちらも荷風先生のようになってしまうかも知れない。

乱歩先生のお葬式

去年平成六年は乱歩先生の生誕百年で、貼雑《はりまぜ》年譜などいろいろな資料が公開された。乱歩氏の亡くなられたのは、昭和四十年七月二十八日であった。それからことしまで、もう三十年になる。

臨終記はあるが、お葬式の記録はまだないようだ。たまたま私が日記にそのことを書いているので、ザッパクなものだが、ここに書き写す。

まずご逝去の日から。

昭和四十年七月二十八日（水）晴

午後四時ごろ、江戸川邸に詰めありし山村正夫君より電話あり、乱歩氏この二時ごろより危篤におちいり関係者参集しつつありと。

啓子（妻）の車で池袋へ走る。炎熱燃えあがるような日なり。

乱歩邸前すでに十数台の車ならび、玄関は足の踏み場もないほどの靴溢る。応接間には、大下宇陀児氏、横溝正史、水谷準、松本清張氏をはじめ、みな詰めかけている。古畑博士、長沼弘毅氏の顔も見ゆ。

乱歩氏は四時十一分すでに死去。

乱歩さんはきのう夕方、脳溢血でたおれ、あと昏睡中であったが、四時十一分、みなの見まもる前でいちど眼をあけたが、そのまま息をひきとられたとのこと。いままでの長い病気（パーキンソン氏病）の苦労をおけば死の苦しみはなく、まず大往生といっていい状態であった由。

やがて遺骸を見る。奥の八帖の中央に横たわれる乱歩、痩せて、薄いふとんの下のからだは小さく、平べったく見える。生前の乱歩氏とは別人のように見えるが、しかし死ぬ前はもっと別人のようで、息をひきとったあと、みるみる生前の顔にもどってきたのはふしぎだとみないう。怪人二十面相か。

痛恨きわまりなし。

この屋敷で何度か会った乱歩氏、応接間の乱歩氏、土曜会の乱歩氏、新宿の飲み屋で裸の女を抱いていた乱歩氏、また余の前住所三軒茶屋に一度、現住所の西大泉に二度、拙宅を訪ねられた乱歩氏を思い出す。

応接間にて一同葬儀の相談。当方はただ聴くのみ。

人いよいよ詰めかける。夜八時過ぎ僧侶来り、一同で納棺。総立ちになってまわりから見まもるうち、乱歩氏を寝棺に入れ、ドライアイスを詰める。泣き声あげしは夫人のみ。夫人の背中、鞠《まり》のごとくもりあがっている。

応接間にビール、鮨《すし》出る。人いよいよ詰めかけ、かくては御家族も大変ならんと、夜九時ごろ講談社の斎藤稔氏と車で帰る。

このとき水上勉氏、玄関に入り来り、また車で木々高太郎氏の来れるを見る。

ああ、大乱歩ついに逝《ゆ》けり。

七月三十日（金）晴

けさ谷崎潤一郎死す。巨星相ついで落つ。

十一時ごろ啓子の車で出かける。池袋の江戸川邸へ。きょう出棺。

香典は十万円のつもりであったが、高木彬光さんと差があってはまずいので二人相談、どちらも五万円とす。あとできいたところによると、大下さんも五万円、横溝さんは十万円。

（注・朝日新聞社『値段の風俗史』によれば昭和四十年公務員初任給は二万一千六百円）

応接間で、角田喜久雄、横溝、高木さんらと話していると、ふいに横からワッと泣声あげてしがみついてきた者あり。みると宮野村子さんである。宮野老嬢、時代おくれの洋服を着

てさながら妖婆のごとし、

「こんなことになられて……わたしが死ねばよかった。……」

などトギレトギレにいう。あとで高木さんがいうには、老嬢に抱きつかれて小生ひたすら困惑した顔をしていた由。

やがて焼香。

座敷にはそのための祭壇が作られ、庭には天幕が張ってある。青い芝生にはかっと真夏の日があたって、むっと草いきれがする。

久しぶりに武田武彦、またはじめて中原弓彦（小林信彦）氏に逢う。中原氏、奥さんが小生の遠い親戚になるといっていたという。嘘だろう。

「最後のご対面を」といわれたが、この酷暑の中、二日二夜をすごした乱歩さんと、たとえドライアイスを入れてあるとはいえ、またご対面とはと高木氏ともども辞退する。実は一昨日その死顔を見てその変りように驚いたくらいである。もっとも苦痛の相ではなかったけれど。

出棺。

われわれがかつぐ。若手推理作家十数人で玄関から門外の霊柩車まで運ぶ。存外重いものである。当然来るべき日が来たのだが、この日大乱歩の遺骸を、われわれがこうして運ぶことになろうとは、という感慨なきを得ない。

霊柩車につづき、車をつらねて落合の火葬場へ。余は火葬場へゆくは、四十三歳にしてはじめてなり。

安置所に柩を置き、最後の焼香。棺のガラス窓に最後の対面をする人もあり。

このあいだも隣りの火葬場では、扉をあけて長い鉄のカギで中をかきまわし、平たい盆に黄褐色の貝ガラみたいな骨片をかき出し、こちらに運んでくる、針か何かまだ赤く灼けているものもあり、それを安置所で家族が箸でつまんで壺に入れている。

そのうちにいよいよこちらの番となり、乱歩さんの柩を運ぶ。鉄の扉をひらき、中に押し入れ、扉をガチャンとしめるのと間髪を入れず、ゴーッと炎のもえる音があがりはじめた。あんまりガチャン、ゴーッが一瞬すぎて、一種異様の感をもよおす。

火葬場を出て広い庭を歩き、待合室の二階で待つ。鷲尾三郎氏と雑談。そのあいだも門からは次から次へと霊柩車が入ってくる。

暑い暑い日。こんな暑い日に焼かれちゃたまらんとも思うし、またガチャン、ゴーッをやられるのはこんな炎熱の中こそふさわしいとも思う。

冬より夏のほうが、骨になるのに手間がかかるそうだ。冬は一時間でいいが、夏は一時間半かかるという。焼いたあとなかなかさめないからである。

松本清張氏が夫人と車で帰ってゆくのが見えた。

一時間半待ち、やがてまた火葬場へ。

鉄の扉をあけて、中の台をひき出すと、骨になった乱歩さんが出てきた。寝棺に入れたときの姿勢のまま頭蓋骨がころがり、その向うに骨がゴチャゴチャとかたまっている。

これをいっしょに盆にひろいあげ、安置所に移して壺に入れる。

大きな頭蓋骨であった。余は高木氏とともに骨の一片を箸でつまんで壺に入れる。みなは壺に入りきらず、大きな頭蓋骨は壺の口から盛りあがっている。それを火葬場の係がふたで押えつけると、ガシャリとつぶれて入ってしまった。

乱歩先生、永遠にさようなら！

八月一日（日）晴

きょうは乱歩先生葬儀。朝、車で啓子と青山葬儀場へ。

到着後、高木氏、佐野洋、結城昌治、都筑道夫ら諸氏と受付を務める。余は一番奥の机に陣したので会葬者こちらまで来らず、手持無沙汰なり。

やることがないので、中に入って葬儀に列す。弔辞。横溝正史、白井喬二、松本清張氏ら。

最後の焼香をすませて、また受付へ。

井上靖、水上勉、徳川夢声、柳家金語楼、小金馬などの顔見ゆ。シャーロック・ホームズ翻訳の延原謙氏の姿も見えた。何歳になられるか、足をひきずるようにし、たえず舌を出して歩いている。こちらも火葬場一歩前。

見当がつかないが、およそ会葬者は千人くらいであったろう。

日盛りの白い庭に、樹々は生命力のかぎりをつくして青い。風があって、あちこち花環が倒れる。

きょうは江戸川邸で初七日（ほんとうは三日なれども、あまり暑ければきょうやってしまう由）なれども、余は家に帰る。

明日、ヨーロッパに旅立つ。

風来坊随筆

少年時代の読書

ときどき首をひねって考えることがある。自分はどうして作家などになったのだろう？ もっとも、文学的な作品など一篇も書いたことはないので、まともな作家といえるかどうか怪しいところもあるが、とにかく百篇を越える娯楽小説を書き、それで一生の生計をたててきたのだから、小説家の一種にはちがいない。

が、親子兄弟の中に、物書く人など一人もなく、家庭に文学的雰囲気などほとんどない。本や雑誌はあるけれど、ごく尋常な娯楽本ばかりであった。

ただ、医者の父は私が五歳のとき急死したのだが、家の書架に『漱石全集』、『鷗外全集』がならべてあったところを見ると、田舎の医者としてはちょっぴり文学好きなところがあったのかも知れない。

そういえば父がまだ生きていたころ、そのひざの上で本を見せられていた記憶がある。それは色つきの挿絵のある横文字の大きな本であったが、その色彩が大正期風の古怪なものなので記憶に残ったらしいが、あとで考えるとどうやらギリシャ神話のようであった。

右の『漱石全集』や『鷗外全集』は、いずれも第一次の全集だったと思われる。のちに私はむろん漱石や鷗外の作品は読んだが、それは右の全集ではなかった。その全集は小学生には余りに物々しすぎたかららしい。それはいまも田舎の家にあるはずだ。

未亡人となった母は、私に『小学生全集』と「少年倶楽部」をとってくれた。私をとらえたのはむろん「少年倶楽部」であった。遠い町から毎月配達されるたびに、私は息もはずみ、頬を紅潮させた。

昭和六年の四月号からであった。私は四年生になっていた。

いま私の手許に、数年前講談社から復刻された、昭和五年から八年に至る「少年倶楽部」がある。いちばんよく売れたときのものを出したのだろう。つまり私の読んだのは、偶然だが最盛期の「少年倶楽部」であったのだ。

そのころ、広告のページまで読みつくしたと思っていたが、いまその復刻版を見ると、いろいろな読物をふくめて、まるで記憶にないページはワンサとある。やはり少年期の荒っぽい読み方のせいか、それとも忘却の世界に消えてしまったのか。

この号から有名な「のらくろ二等卒」が新連載されている。それがちっとも鳴物入りではなく、遠慮深げにさりげなく四ページに載せられている。少年の心理を知りつくしている編集部のおじさんたちも、このころはまだ少年に対する漫画の威力を知らなかったのだろう。

漫画といえば、いまの少年漫画の週刊誌は毎週六百万部とかきいたが、そんなに漫画漬けになって後代に影響がないのか知らん。いまは少年読物というものは一切ないのか知らん。漫画の無敵ぶりから、私の憂いはテレビのコマーシャルの傍若無人ぶりに及ぶ。

いまさら心配するのは可笑《おか》しいようだが、たとえば芸能人のお葬式で泣いているニュース番組にいきなり義歯《いれば》の笑い顔が出て、幼少年の脳に異変が起きないのか知らん。たとえ馴れるにしろ、こんどはそんな馴れ方が脳を病的にするんじゃないか知らん。

それはともかく、いま復刻された「少年倶楽部」を見ると、大佛次郎、佐藤紅緑、佐々木邦、山中峯太郎さんら諸大家が全力投球である。

のちに何かの機会に、この復刻版以前の古い「少年倶楽部」を手に入れて読んだが、大佛さんの「角兵衛獅子」など、あらゆる鞍馬天狗の中で第一等の出来栄えと思われ、吉川さんの「神州天馬侠」など吉川さんの全作中ベスト・スリーに入るのではないかと思われた。

しかし「神州天馬侠」を再読すれば、そのストーリーの支離滅裂ぶりは少年読物の限界を超えている。作者も持て余したと見えて、途中一度休載したが、その代り「少年諸君へ」と題して長文のわび状を掲載した。少年読者を対等に扱った文章で、これがまた少年読者を感激のるつぼにたたきこんだ。

作家には、少年小説を書ける人と書けない人と二種類あるようだ。少年物を書ける人は、稚心に帰れる人である。また筋がメチャクチャであることなど意に介しない豪傑である。吉川さんなどまさしくその豪傑であった。

「少年倶楽部」が少年読者を熱狂させたのは、作者が全力投球したばかりではなく、挿絵のおかげであったと思う。

いま私の手許に、山口将吉郎、伊藤彦造、樺島勝一さんなどの画集があるが、それは、これらの画伯がかつて「少年倶楽部」に熱筆をふるわれたのを懐しんで買い求めたものだ。吉川英治の「神州天馬俠」、大佛次郎の「角兵衛獅子」など山口将吉郎や伊藤彦造の、あるいは華麗精緻、あるいは雄渾凄壮な挿絵がなかったら、とうてい、あんな人気を呼ばなかったろう。

私の右手の中指には、いまでもペンダコが残っている。これは少年時代、これらの画伯の挿絵を明けても暮れても模写していたころ出来たものの名残りである。

昭和二十年代、私も二十代であったが、ある編集者との雑談にこの「少年倶楽部」の挿絵の話が出て、ふと私は右の画伯の名を二つほどあげ「もしそのご両人がご存命なら、僕の小説の絵をお願いできないものだろうか」ともらした。数日たって「生きとられますよ！」という返事がきた。「ただし、何十年ぶりに挿絵を描くなら、短篇じゃなくて長篇の絵を描きたい。それから期限はふつうの〆切の一ヶ月前にお願いしたい」とのことであった。

伊藤、山口両氏のどちらかであったが、正確なところは忘れた。そのとき私はその雑誌に長篇を書く気も、〆切の一ヶ月前に小説を仕上げる自信もなかったので、この件は沙汰止みになったが、今では少し惜しい気がしないでもない。

「少年倶楽部」をとってもらいはじめたのは、昭和六年の四月号からだといったが、同時に私は母の実家に移った。山陰線で五、六駅ほど離れた、亡父と同じ医者の家であった。

この祖父の家の薬局に初老で独身の薬剤師が勤めていて、この人が相当な本好きで、しかも当時のいわゆる円本ブームに浮かされたのか、講談社の『講談全集』、平凡社の『大衆文学全集』、改造社の『世界大衆文学全集』などを本棚にならべていた。

この祖父の家には、四年生、五年生の二年間いたのだが、それくらいの年齢でそんな本を？ と疑う人もあろうし、自分でも首をかしげるが、このときそれらの本をむさぼり読んだことにまちがいはない。

それらの本を手当り次第、私は寝そべって読んだ。その中に「譚海《たんかい》」という雑誌もあった。「譚海」は「少年倶楽部」が五十銭もするのに対して、小型本で二十銭であった。表紙には少年少女の顔がかいてあったが、内容は怪談あり、女賊あり大人が読んでもおかしくない読物であった。

そのころは小学生は、卒業すると丁稚《でっち》にゆくのが大半であったが、おそらくそんな少年や若者たちを対象とした雑誌であったと思われる。

のちになって知ったことだが、この「譚海」の編集長は後年の山手樹一郎氏であったらしい。

思い起すと、目次の作者の名の中に、山岡荘八、村上元三、角田喜久雄、野村胡堂、横溝正史さんらの名がならんでいたようだ。

驚くべきは、その中に山本周五郎氏の名もあったことで、私の記憶にまちがいなければ何でも鉄甲《てつかぶと》の魔人が日本に上陸してくるという、のちのゴジラみたいな物語であった。「譚海」はあたかも大衆小説の作家の養魚池であった観がある。とはいえ後年の大家もそのころはこの養魚池で、いかに書けば大衆に受けるか、山手編集長から相当しぼられたに相違ない。

それにしても平凡社の『大衆文学全集』を私は全巻は読まなかったが、いま読んでも読むに耐えるのは、せいぜい吉川英治の『鳴門秘帖』、江戸川乱歩の『二銭銅貨・ほか短篇集』くらいなものだ。それでも乱歩氏の回想記によれば、乱歩集は五、六回目の配本であったか、十六万数千部の売れゆきであったという。

私が思うには、いまこの大衆文学全集と同じ趣旨で新全集を編めば平凡社版の十倍は面白い全集ができるだろう。が、その売れゆきは十分の一にも及ぶまい。——時勢とはふしぎなものである。

後年、といっても昭和二十年代のことだが、大至急原稿を金に換える必要に迫られたとき、私がたちまち娯楽小説を書いて、その後も大過なくしのいできたのは、少年時代に右のごとき読書歴をもっていたおかげである。

近来時代小説がブームだそうで、雲のごとく若い作者が登場してきたようだ。それは結構だが時代小説を書くには稗史《はいし》のたぐいの知識も要る。若い作家諸氏はどこからその知識を得るのだろう。

少年時代の映画

はじめて映画というものを見た記憶をたどってみると、それは学齢以前の野天の映画である。私は山陰但馬《たじま》の山村に生まれたのだが、小学校の校庭に幕を張り、野天で映画を映すのだ。新聞社のＰＲによるものが多かったと思う。何回か見たが、何しろ幼年のことだから内容は全然記憶がない。当時映画はすべて無声であったから、楽隊や弁士がいたはずだが、それもこれといった憶えがない。ただ上映する前に村の子供たちが、幕の前で踊ったり万歳したりした影絵のほうが印象に残っている。ふり返ると、まるでアフリカの部落で育ったような気がする。

小学校にはいって四年五年になって、その二年間、山陰線で五駅ほど離れた祖父の家で暮すことになった。その祖父の家には、私には叔父にあたる中学生がいて、ある夏の夜この叔父が隣町の映画館に連れていってくれた。大変面白く、またタイトルが変っているので今も憶えているのだが、それは「右門捕物帖」の一篇「七々謎橙々《しちしちなぞのだいだい》」というチャンバラ映画であった。

「右門捕物帖」は嵐寛寿郎のオハコだ。私はアラカンの大ファンなのだが、考えてみると私の一生でアラカンの右門を観たのは、この小学生時代の「七々謎橙々」だけなのだ。これじゃあファンとはいえないか。

この隣町の映画館へは往復に三、四キロはある峠を越えなければならない。街燈などあるべくもないから、坊主あたまの中学生と小学生が提灯を一つぶらさげて、暗い峠を越えてゆく光景を想像すると、これまた前世の話のような気がする。

外国映画をはじめて見たのはやはりそのころ鳥取にいったとき、その中学生の叔父に「活動写真を見ないか」と誘われてのことで、それがなじみのない外国モノなので、仏頂面《ぶっちょうづら》をしていた私も、やがて日本モノとは類を絶する何百騎かの騎兵の進撃のシーンに魂を奪われてしまった。それは「進め龍騎兵」という映画であった。

やがて中学にはいった。豊岡という但馬第一の町だ。

当時の中学生にとって、映画はどこでもご禁制であった(それにしては鳥取一中の生徒だった叔父が自由に映画を見ていたようなのはふしぎだが)。鳥取一中が寛大だったのか、それとも時勢が変ったのか。

日中事変は始まって、一、二年たっていた。

映画という禁断の木の実の味はすでに知っていたが、二年あたりまではまずまずご禁制を守っていた。そのころ母が亡くなった。父は五歳のときにこの世を去っていた。この年齢で親がないということは魂の酸欠状態をもたらす。しかし呪縛は解かれはじめた。

中学三年のころから、映画館に出入しはじめた。

そのころ豊岡に映画館は二つしかなかった。私が出入したのは駅前の日活系のもので、もう一方は何系であったかよく知らない。とにかく田舎町のことだから、洋画系はお呼びではなかった。

日活系で不満はなかった。敗戦後日活はポルノ映画の専門になった時期があったが、当時の日活は阪妻、千恵蔵というチャンバラの大立者を擁していたからだ。

この映画館はポスターとスチール写真で満艦飾を施し、町じゅうをゆるがすような音楽で人々を吸引していた。

それだけに、白昼そこに出入するには決死の覚悟を必要とした。中学生は外出時は必ず制服を着用するように命じられ、無用で市中を徘徊することを禁じられた。不審な行動をする中学生があれば市民有志の教導連盟？　のオジサンたちが、すぐに学校へ連絡した。

しかし映画を見たいという欲望は、そんな恐怖をも凌駕した。

そのうちに、私がこの冒険を繰りかえしているのを知って、ひと肌ぬいでくれる義侠の士が現われたのだ。何のことはない。一級上のその映画館の息子でTさんといった。

この映画館は表側こそ大通りに面しているが、裏側はお寺の墓場になっていて、その間の塀を越えると、細い通路が走っている。そこを歩いてゆくと、どこからか忽然《こつねん》とTさんが現われて「こっちへ、こっちへ」と案内してくれる行先が、映画館の内部の天井の片隅にゴンドラのごとくとりつけられた小部屋であった。

それは、町の警察がときどきやって来て、館内の風儀を見張る場所であった。臨検にくる日は事前に連絡があるそうで、その日は来ないとわかっているのでTさんが案内してくれたのだが、来れば見物席に中学生などがいればたちまち「逮捕」すべきところ、その監視所に不良中学生が悠然と坐っているのだから、まるで漫画だ。

映画館の天井にとりつけられた臨検室に大アグラをかいて心ゆくまで活動大写真を賞味する。当時映画は一度に二本かかるのがふつうだったから、終るのは真夜中近くなる。

客がぜんぶ出たころを見すまして、何くわぬ顔で映画館を出て、深夜の町の裏通りを帰途につく。冬の夜など、だれも見ている者はあるまいと、ドテラを頭からかぶって歩く。多くの場合一人ではない。たいてい相棒がいて、仲間同士の符号で雲太郎といった。私は風太郎と称した。会話の内容はいま見てきた映画についての感想であった。

いちど向うの辻を横切りかけた影が、ドテラを頭からかぶったこちらの姿を異形の者と認めたらしく、じっと立ちどまったのを危険と察し、「逃げろ！」とかけ出した。すると向うは「待てえっ」と追いかけてきて、夜の町を三十分ばかり死物狂いに逃げまわったこともある。密行中の刑事であったらしい。

学校近くになって、路地をちょっとはいったところにまだ灯をともしている一軒の小さなうどん屋にはいる。もう客などはいない店の中を横切って、心得顔で階段を上り、二階の小座敷にどっかと坐る。まもなく亭主がお銚子二、三本と狐うどんを盆にのせて上ってくる。それを飲みかつ食いながら映画の話をつづける。それを頬に傷あとのある、たしか前科もある中年の亭主は敬意にみちた眼でうやうやしく拝聴している。——

さてそこを出て、千鳥足で寄宿舎に帰ってくると、最後の難関が待ち受けている。夜の唯一の出入口たる廊下の端の扉はすでに内側から閂《かんぬき》がさしてあり、すぐ傍の舎監室にはまだ灯がともっているのがふつうだからだ。

とにかくこちらの帰還を見はからって、舎監に気づかれないように内側の閂をはずしてもらわなければならない。で、その仕事を同室の下級生にやらせた。この細工が発覚すれば、下級生も同罪だ。

このように映画を見るのにも相当の大冒険を必要とするのである。

いや、悪行はその程度にはとどまらない。

私の部屋は舎監室の二階にあったが、そこの押入れの戸をあけると天井裏から柔道の帯が垂れ下がってくる。それをたよりにエイヤと屋根裏に這い上ると、そこには一個の部屋が鎮座している。

広さは一坪くらいだが、四周の壁はダンボールに白紙を貼り、床は食堂の腰掛けを解体したものを使い、電気は天井裏の電線からひき、おまけに雪国のことだから鉄製の大火鉢と炭俵まで一俵かつぎあげた。そして、山のような映画雑誌とブロマイドのたぐいも持ちこんだ。それからタバコと。

そもそもこれらを常設することこそ、この「天国荘」建立の目的であったのだ。

天国荘とは二階をへだてて階下にある舎監室を地獄に見たての名称だ。

ここであかず映画談をかわし、意気あがれば軍歌を歌う。

風太郎、雲太郎、のほかに、雨太郎、雷太郎なんてのもいた。

「拝啓ごぶさたしましたが、

ぼくはますます元気です。

上陸以来きょうまでの

鉄のかぶとの弾のあと

じまんじゃないが見せたいな」

そんな屋根裏での軍歌の声が、いまも哀調をもってよみがえる。彼らのうち大半はまもなく起った太平洋戦争で戦死してしまったからである。

戦死といえば、私たちを映画に招き入れてくれた映画館の息子のTさんも特攻隊で戦死してしまった。

それはともかく、「天国荘」のことは、二階の住人はむろんほかの部屋の生徒たちも知っている者が少くなかったのに、一人も舎監に通報した者がなかったことは今から思えば奇蹟である。舎監に密告しないまでも休暇で帰省して、親にでも話したら、親は仰天して電光のごとく学校に通報して、火鉢から炭俵まで具《そな》えた「天国荘」が発見されたら、退学はおろか刑務所ゆきさえ考えられ、あげくの果ては現在ただいま新宿駅のダンボールの一党にさえなりかねなかったのだ。

一方でそんな身の毛もよだつことをやりながら、一方で私は図々しくも学校――学校というより文部省といったほうが適当かも知れないが――に文句をつけた。

天国荘に買い求めた映画雑誌の中に「映画朝日」という雑誌があって、類誌のうちこれが一番高級に見えた。そこに私は「中学生と映画」と題して投稿したのである。

これが読者の投稿欄にではなく、一般のページに掲載された。昭和十五年早春あたりの号だったと思う。内容は、現今中学生に観せて悪影響のあるような映画はないと思う、いま学校が引率して中学生に観せるのはニュース映画と漫画映画だけだが、あまり中学生を見くびらないで欲しい、この禁制を破って映画を見るとたちどころに停学ないし退学だが、この罰は過剰である、というような趣旨のものであった。

こんなに穏当な意見でも、もし学校の先生にでも読まれるとあぶないと気をまわして、私は筆名山田風太郎とした。山田風太郎の初登場である。

それはそうと、そのころの「映画朝日」にしばしば散見した映画評論家の名に「淀川長治」がある。当時十八歳であった山田風太郎が七十四歳になったというのに、その淀川長氏がテレビではサイナラ、サイナラと手をふられるが、ちっともサイナラされないことこそ当代の奇蹟というべし。

私たちが戦前に受けた小学校、中学校の教育を断片的に思い出し、いろいろな感想をいだくことがある。そして、小学校といえどもデタラメに教えているわけではなく、その進行の手順などおそらく文部省の通達に従ってやっているのだろうが、テキながらあっぱれといいたくなるほどどうまく出来ているのに感心することが多い。

その中で「あの教育はまちがいじゃなかったのかな？」と首をかしげる項目がいくつかある。停学二回の前科を持つ私に教育を云々する資格など全然ないのだが、ともかくもその事例の一つ。

中学では絵も音楽も教える。が、自分でうまく歌え、うまく描ける生徒じゃないと情けない点しかもらえず、それが成績全般にひびく。しかし絵を描き、歌を歌うのは下手でも、それらを愉しみ味わう能力はべつにあるはずだ。ただレコードをかけてクラシックを聴き、画集を見て印象派をたのしむ音楽の時間、絵の時間がないか知ら。私のころはなかった。それを今にして残念に思うのである。

試験をやりたければ、鑑賞力をためす試験をする。難しかろうが工夫次第では可能だろう。

とにかく先天的音痴に歌を歌わせるよりはマシだろう。

戦前の「中学生と映画」の問題も同じだ。

当時の中学生にとって、映画はかたきご禁制であった。それは全国同様であったらしい。それを私は「決死の冒険」によって「盗み見」たのだが、のちの懐旧談に昭和十年代前半の映画の話をしようと思っても、同年配の友人はだれも見ていないのだから、そんな懐旧談が成り立たないのである。

当時の映画は中学生に害を与えるどころか、事前に検閲制度によって内容がきびしく監視されていた上に、特に日活は一種の最盛期であって、チャンバラ映画のほかに後世に残る名作群を連打している。

いま私の記憶に残るものだけでも、

「限りなき前進」「五人の斥候兵」「土」「爆音」「路傍の石」等々。

みんな大まじめで、しかも結構芸術的なのである。中学生を引率して、是非とも一見させたい映画ばかりだ。少くも「天国荘」で論評のたねとするに足りる。

私は、これらの映画の大半に出演している小杉勇など近来の名俳優だと思った。また宝塚から日活に新入社して、やはりこれらの映画に出演した轟夕起子など、日本始まって以来の美女だと恍惚とした。

それらの映画を見たのは日活系の映画館のはずなのに、奇妙なことに私はたしか松竹系の

「残菊物語」や新興系の「愛怨峡」などというものを見た記憶もある。いずれも溝口健二の作品だ。そのころは映画狂にもかかわらず溝口健二の名も知らず、また溝口独特の粘っこい男女愛憎の物語は、当時の私にとって年齢的にも興味が持てないはずなのに、ふしぎにどちらにも大いに感心したおぼえがある。

伊丹万作の「赤西蠣太」を見たのもこのころか。志賀直哉の原作の味をどこかとどめつつ、時代映画を作りあげるには、この作品が限界だと思い、後年伊丹十三の「お葬式」を見たあと、「やはり万と十三と数だけの差はある」とオヤジのほうへ軍配をあげたが、この映画を見た原作者の志賀さんはあまりきげんがよくなかったという。文豪の作品などめったに映画化などするもんじゃない。

突然の開戦により日本映画は急速に衰退期にはいる。私は何とか中学を卒業し浪人生活をしていたが、映画だけは心配なく見られる境遇になった。そして惨憺たる戦時中の映画界でなお送り出された幾つかの名作を見ることができた。

「無法松の一生」と「姿三四郎」がその例である。

「無法松」については、当時の検閲のため稲垣浩監督もいささか不本意なところがあったと見えて、戦後になって二回目の無法松を作った。こんどは何のタブーもない上に俳優は三船敏郎、高峰秀子という第一作の阪東妻三郎、園井恵子に勝るとも劣らぬ豪華版である。ところがこれが、万事不如意な第一作ほどの評判を得られなかったようだ。私も第一作の好ましい印象を濁すことを恐れて故意に見なかったが、リメイク作品にはこういう例が多い。何かがつけ加わると何かが失われる。芸術作品とそれを生み出す条件を考えさせる興味深い現象である。

この作品の原作も悲喜劇的だ。「無法松」という名を後代まで残しながら、この小説は稚拙である。ところが稚拙でないとこの小説は成り立たないのである。筋や文章があまりになめらかだと、俥夫富島松五郎の純愛がそれほど読者の胸を打たないのである。

ところがこの稚拙が技巧ではなく、作者独特の持ち味なので二作目以降の作品が一作目ほどうまくゆかないという悲劇を招来した。二本目の映画無法松にも同じような現象が起ったのかも知れない。

昭和十年代の映画というと、私は中学の停学覚悟で見たせいで、思い入れが深いからかも知れないが、日本映画は昭和十年代は、技術的には一応頂点に達していたのではないかと思う。

その例が、昭和十八年の黒澤明の「姿三四郎」だ。

昭和十八年といえば、私も何とか中学を卒業していわゆる浪人時代にはいり、年齢も二十を越えてもう少年とはいえなくなっていたが、昭和十年代の映画について書いてきたのだから、黒澤明に関してもう少し感想を述べることにする。

私は戦後の日本人男性であらゆる分野をふくめ第一人者をあげよといわれるなら、第一番に黒澤明をあげたい。

まず「姿三四郎」の話だが、そのころ新聞はたしかもう八ページくらいになっていて、映画の封切りの広告も小さかったが、この「姿三四郎」の封切り広告は「黒澤明第一回監督作品」と出た。

当時の映画の広告といえば、主演俳優の名を大きく出して、監督の名などまったく出さないか、出してもごく小さく出すのが恒例であったのに、これは俳優より大きく出たので、はてこれはいかなる映画か知らん？　と好奇心もかきたてられて見にいった。そして感嘆した。

その日の日記に私は書いている。

「昭和十八年三月二十五日。日劇に東宝映画『姿三四郎』を見にゆく。

興趣満々、しかも相当な芸術美も具えて見事である。映画館を出てからも全身熱く、息もつまり、こぶしを固く握りしめていたほどである。これほど昂奮させられた映画は近来まれである。

僅々二時間ほどで、これほど観客をひきずりこむことが出来るなら、映画の監督もまた男の一大事業である。黒澤明第二回の作品を待望するや切」

ついでに日記のつづきを読むと、その翌日、先日受験した東京医専の合格発表を見にいって、自分の名がないのに落胆している。まさに人生の土壇場にあって、私ははじめて黒澤映画に接し、映画も男の一大事業などと昂奮しているのである。

それ以来、私は憑かれたように黒澤映画を見た。当時私の故郷に帰省すると夜汽車で九時間、しかも終夜立ち通しという地獄旅であったが、私は朝東京に着いて、その足で渋谷道玄坂の映画館の立見席で黒澤映画を見た記憶がある。

終戦以後になっても「姿三四郎」は再上映されたもの、ビデオ化されたものを見た。そしてこの作品が黒澤映画の少くともベスト・ファイブにはいることを再確認した。ちなみにビデオによれば、「姿三四郎」はGHQのためにカットされ、完全なかたちのものはもう無いそうだ。「無法松の一生」が戦時中日本の検閲者にカットされたと同様の悲劇である。

私個人の好みだが、黒澤監督はドストエフスキーやシェイクスピアなどに色目を使わないで、「用心棒」や「姿三四郎」などの娯楽映画を、少くとももう三本くらい残してくれればありがたかったと思う。

そもそも黒澤明は、純文学的なテーマの映画より、娯楽映画のほうに大才能を持っていると私は考えている。その娯楽物でさえ、黒澤作品は充分芸術的陰翳《いんえい》を帯びているにおいてをやだ。

黒澤監督の述懐によれば、生涯の痛恨事は『平家物語』を自分の手で映画にしなかったことだという。まったく私も同感だ。私も黒澤明の手になる優美で悽愴な壇ノ浦や衣川などの合戦絵巻が見たかった。

何年か前、バブルに有頂天になった当時の首相が全国の市町村に一億円ずつバラまいたことがあったが、そんなに要らない金があるなら、製作費百億円くらいの規模で黒澤監督に「平家物語」を作らせればよかったと思う。

話を「姿三四郎」に戻すが、「無法松の一生」も昭和十八年の作品である。昭和十八年といえば、ガダルカナルから日本軍が退却し、アッツは玉砕し、山本五十六が戦死し、学徒出陣が行われ、戦勢ようやく日本に急となった年だ。あの時局の中でよくまあこんな映画の名作を作ったものだと感心する。

それからもう一つ、いまさらのように感心するのは、あの「姿三四郎」の黒澤明、「赤西蠣太」の伊丹万作、「無法松」の稲垣浩をはじめ内田吐夢や田坂具隆などのいわゆる巨匠連がことごとく大学出でなく、旧制中学かそれに類する学歴しか持たなかったことだ。それでいて彼らは、娯楽的にも芸術的にも通用する幾多の傑作を残したのである。

学校教育が無意味に長すぎることは、芸や美術の世界ではかえって、感性や独創力を鈍麻させるのかも知れない。

それから黒澤監督は、自分の手で『平家物語』が出来ない理由の一つに、「平家の公達《きんだち》になれる俳優がいなくなった」といっているが、昔の俳優ならそんな容貌の持主がいくらでもあったのだろうか。日本人の顔がそんなに変るものだろうか。

漱石の鷗外宛書簡

私が外界とやりとりするのは、手紙と電話と来客だけである。みな受身の小さな情報世界である。

もともと人間と問答するのがニガ手で、何時間も対談すると同じ時間重労働したようにくたびれる。それが、もともと虚弱な体質なのに、意外に長生きしているのは、右のごとく人間界との接触が消極的であるせいかも知れない。

売文は生計のもとだが、これもたいていは郵便で用はつとまる。

この無愛想な男の原稿の話をしようと思って書き出したのだが、それより前にいまほかの人の手紙の話を思い出したので、そのほうの奇談を書く。

私のところに神田の古書店の何軒からか、古書目録を送ってくるが、その中に明治大正昭和の著名作家の原稿のページがある。

原稿は一枚のこともあり、数枚のこともある。原稿だけではない。色紙のこともあり、手紙のこともある。いわゆる文豪の直筆のものが×百万円などの値がついているのに対し、現役作家のものが三百円などとあるのが、可笑しくも哀しい。

実はこれは三十何年か前の話なのだが、ある百貨店がはじめて計画した古書展で、外商の人がその目録を持ってきたのだ。

その中で飛び切り高いのが、漱石の鷗外宛の書簡でたしか三十万円であった。

「欲しいのは、これだけだがね」

と、私は外商の人にいった。

「こんどの古書展が終って、まだ売れ残っていたら持ってきて。ま、売れ残るなんてことはあるまいがね」

ところが古書展が終って数日後、その人が現物持参でやって来て、

「やはりこれだけ売れ残りましたよ」

「へへえ!」

いまの三十万とは貨幣価値がちがう。思い出すと同じころ私は、信州蓼科に山小屋を作ったが、それが坪十万円の建築費だったのだ。

ともあれ約束した以上買わないわけにはゆかない。

かくて私は漱石の一書簡の所有者となったのである。

書簡といっても紹介状だ。封筒に入った長さ一メートルほどのもので当時の習いとして巻紙に墨で書いてある。

紹介状だといったが、冒頭に「此手紙持参の人は中村蓊《しげる》とて、小生とは朝日社友の間柄に御座候」とあるから、手紙といってもよかろう。要するに弟子の青年がこんど砲兵として入営することになったが、軍隊のことについて鷗外先生のお話を承わりたいと申しているから、なにとぞご引見をたまわりたいという依頼状である。

この漱石の依頼状は、しかし鷗外の眼にはいらなかったようだ。これは私の推測だが、森家を訪れた中村蓊は、鷗外が留守だったのでむなしく紹介状を持ち帰ったものが、後に中村家から外に出て、何十年かのちに私の手に入るということになったものだろう。

ついでに漱石と鷗外の在世当時の関係について愚論を述べれば、鷗外が漱石についてだいぶ気を使っているのに対し、漱石のほうは鷗外をあまり意としなかったかに見える。もっとも眼中になかったという意味ではない。そうであったらこんな紹介状を書くはずがない。充分敬意は感じていたにはちがいない。

ところで「漱石の鷗外宛書簡」という珍らしいものが手にはいったものの、これがほんものかどうかはまだわからない。見おぼえのある漱石特有の円満温雅な字体にまちがいはなさそうだが、念のため岩波書店の漱石全集の担当者にきてもらい鑑定を仰いだ。

真偽のほどを鑑定してもらうためもあったが、もしほんものであるなら私個人が秘蔵していて、将来何のはずみで焼失などして、あとでそういうものがあったと名乗り出てもどうしようもないからである。

鑑定の結果はほんものであった。その結果この書簡は以後の『漱石全集』の書簡集に入ることになった。こういうものは「秘すれば花」で、世に公表しないほうが値打ちがあるそうだが。——

それどころか私は、漱石の息吹きに何時も触れたくて、その書簡を封からぬき出して、横幅一メートルほどの額装にしてらん間にかかげてある。いまはもう紙もケバ立ち、煙草のヤニで黄褐色に変じているのを大いに気にしているのだが、それでも山田家最高の、そして唯一の宝に相違ない。

日本人を疑う日本人

さきごろ、プルトニウム発電所の事故に際し、当局がそれを隠蔽《いんぺい》しようとしたのが発覚して、幹部の一人が自殺した事件があった。またアメリカで日本の銀行の支店が、行員の失敗で巨額の損失を出したのを、アメリカの当局に隠蔽しようとして国外追放を命じられるという事件があった。

これに類する事件は、以前からいくつもあったように思う。外国にも、同じような事例が日本ほどたくさんあるのだろうか。

隠蔽ないしは空とぼけの言動は、日本人の間では特に多いような気がしてならない。日本人はこの種の「習性」に外国人より鈍感なように思う。

戦後だけではない。戦争中もやっている。なかには、戦争をするのに、逆にこちらに致命的な罰をもたらした嘘もあった。

昭和十七年のミッドウェー海戦で、日本海軍は空母四隻を失ったのだが、「大本営発表」ではわが方の損害空母は一隻か二隻だったと思う。東条大将でさえ、このとき空母四隻を喪失したことを知ったのは敗戦後であったという。

快勝つづく緒戦のときからこの始末だから、終戦までの敗北期、大本営発表のデタラメぶりは言語に絶する。

昭和十九年のいわゆる台湾沖航空戦においてわが航空部隊はアメリカ海軍の四十数隻を撃沈破し、アメリカの艦隊は四散潰走《かいそう》しつつあると大本営は発表したが、事実はアメリカ側にほとんど損害なく、それは味方機が墜落炎上するのを見誤った大誤報であったのだ。

どうしてそんな大誤報になったのか、私は今でもよくわからないが、とにかくこの幻の大戦果によって大本営も以後のフィリピン作戦を誤りレイテの悲劇を呼ぶことになる。

大本営発表は、ついに大本営自身をも破滅させたのである。

戦争の場合と平時とはちがうというかも知れないが、私は、日本人はいかに平時でも何かといえば、隠蔽と空とぼけの雲の中へたてこもる慣習があると考えている。

たとえば長い歴史の間、いかに秘伝、秘術のたぐいがからみあい、いかに日本の技術の進歩をさまたげたかを見よ。

ついでにいえば、日本はもう戦争はしないそうだから、大本営発表などもう二度とあり得ないというかも知れないが、私の考えによると、これから数十億年日本が存在する以上戦争をしないということは、歴史の確率上あり得ない。いまでは想像もしない原因でまた戦争をやることはまちがいない。しかしそのとき「大本営発表」とやっても、これは笑いものになるだけだろうが。

戦争の場合と平時の場合はちがうというかも知れないが、戦争の場合は隠蔽と空とぼけがいっそう大規模なものになるおそれのあることは右の例から見ても明らかだ。

善意に解すれば、自分たちの失敗を公表することによって国民全体の動揺を招くという事態を怖れるのかも知れない。

つまり国民に対する信頼性の有無の問題となる。私は古来の日本の支配者を、国民を信頼しているかいないか、の視点で二大別してみたら面白かろうと思う。

直感的に考えると、信長は不信型で、秀吉は信頼型といえようか。しかしこれには異論があるかも知れない。

日本人全体として考えれば、日本人を信じるほうが七〇パーセントを越えると見られるが、実をいえば私自身は、申しわけないが日本人不信型に属するのである。

ふんどし二千六百年

さすがに現代では、相撲以外にふんどしをしめている世界はないようだが、私の旧制中学のころまでは——それは巷《ちまた》で「紀元二千六百年」と歌われた時代であったが——まだふんどしがハバをきかせていた。

海水浴には、たいてい海水パンツをはいていたと思うが、夏の中学の合同海水浴には、みんな越中ふんどしをつけさせられたと記憶している。

つまり二千六百年、日本人はふんどしから離れられなかったのである。それまでパンツをはく、ということを思いつかなかったのである。

女性に至ってはパンティをはかないどころではない。あけっぱなしだ。何の防備装置もなしに、冬寒くなかったのかしら、また何の不安感も感じなかったのかしら。

考えてみると、日本人がどうしてこんなことを発明しなかったのか、とふしぎにたえないことはいろいろある。

梅雨どきという言葉があるように、雨の多い日本で、ぬかるみに難渋しながら草履と下駄で辛抱して、靴を作ろうとはしなかった。

世界でも有数の雪国でありながら、スキーというものを思いつかず、カンジキなどという原始的な道具でがまんしていた。

平安朝のころからせっかく牛車《ぎっしゃ》を使いながら、馬車を使おうという気も起きなかった。

だれもが認めるように、日本人は世界でも有名な物真似の民族なのに、右のような事例があるのだから、ふしぎでもあり、奇怪ですらある。

物真似のうまさがいちばん効率よく発揮されたのは、明治初頭の岩倉使節団の米欧回覧だろう。当時の新政府の中枢五十人が二年ちかく欧米の政治、経済、軍事、芸術の長所短所を見学して歩いたが、その後における取捨選択の適切さは驚くべきものがある。

これが一応スムーズにいったのは、この大転向の旗ふり役が当時の指導者だったからである。仏教伝来のときも敗戦時も同様だ。みんなで渡れば怖くない。

いったい日本人の独創性のなさは、先天的なものか、後天性なものか。

それは先天的なものじゃないか知らんと私は思うことがあるが、それなら将来二流国の烙印からのがれる見込みはない。とにかく、この国民性の矯正法を考えてみる。

この独創性より物真似ですませてゆくという習性は、日本人のあらゆる長所と短所と同様に、日本人が単一民族だということから来ていると思われる（厳密にいうと日本人は単一民族ではないらしいが）。それだから、仲間の中で毛色の変わった奴が出ることを嫌い、恐れる。

異思想、異趣味、異性格の人間が混じると、上からは排除、仲間からはハチブにされる危険が古来十分にあった。

大航海時代以来、欧米諸国は争ってアジアを植民地化し、その末期に日本もその物真似をしたが、その評判が最も悪いのは、その重大な理由として、日本人が占領地を強引に日本化しようとしたことがあげられる。

そしてそれは傲慢のせいではなく、日本人化しなければ、日本人は不安でたまらないという一種の弱気が裏目に出たのだ。

日本人が独創性のないことについて、どうやら根は深いようだから、一朝一夕には矯正できないかも知れない。

わが意外事

人間も四分の三世紀くらい生きると、だれだって少なくとも五つぐらいの意外な運命にめぐり逢うものらしい。

私もその通りだ。二十歳を過ぎてからは、外見的には平凡な、というより凡庸な生活をつづけてきた私でも、二十歳以前をふりかえると溜《た》め息と冷や汗を禁じえない思い出に満ちている。

そもそも私は五歳の時に父を、十四歳の時に母を失って、親戚の間を回り持ちのようにして成長している。そういう境涯でありながら、しかも全然秀才でも勉強家でもないのに、とにかく医大を卒業しているのだから、これも一つの意外事といっていいかも知れない。

それは個人的な話として、それ以外で人生の大意外事は例の大敗戦であった。戦争の様子をみていて、勝てるとは思わなかったが、まさか無条件降伏の運命に立ち至るとも予想しなかった。

それまでの軍国日本の洗脳ぶりを思い出すと、それも無理はない。特に満州事変以後の日本人を思うと、いまの北朝鮮が笑えない。

去年、旧制中学の同窓会が東京であった。あいにく私は入院中で出席できなかったが、あとで報告を読むと、一同打ちそろって靖国神社に参詣したらしい。戦後五十年たつというのに、なお靖国神社に集う老人たちの心根のいたましさよ。

ついでにいうと、戦後五十年たっていよいよ太平洋戦争の評判が悪くなるのも、私の大意外事の一つである。敗戦も五十年もたてば太平洋戦争を再評価する声もあがってよさそうに思うが、いまだに大臣連中は靖国神社に参るのに尻ごみしている。

しかし、その戦争に私自身は参加しなかった。片腕ぐらいなくても召集した敗戦前年、召集を受けたとき、私は肋膜炎で病床にあったからだ。

吉凶はあざなえる縄の如し、というが、吉の次に凶がくる、というように吉凶が交互に訪れるというのではなく、吉そのものが凶となり、凶そのものが吉となるという例を私はいくつも見ている。右の例に見る通りだ。

国家全体から見てもその好例があの大敗戦で、いまの日本の大繁栄があの敗戦のおかげだとは日本人のだれもが認めるだろう。

いまの日本に乞食はいない。新宿駅のホームレスも見てきたが、あれは自由採食者である。国中一人の乞食もいないなんて国は全世界にない。今をのぞき日本歴史上もない。

そのせいで、今、日本は後進国援助において、世界で一、二を争うという。

そのわりに日本は感謝も尊敬もされていないようだ。それにもいろいろ理由はあろうが、諸外国のヤキモチという因子もたしかにあると思う。

「石油も採れず、ウラニウムも生産せず、食料さえ自給できない日本が？」

で、私は考えた。

「もう五十年待ってくれ。もう五十年いまの日本に繁栄をつづけさせてくれ」

そうすれば繁栄する日本が当たり前の現象になるだろう。

それは可能だ、と私は考えていた。世界一位か二位の経済力を維持すること、あと五十年。

然るところ近年、突然日本の様相がおかしくなった。政治家、官吏、実業家、学者みな争って日本を滅亡の方角へ導いてゆくかに見える。

「繁栄といっても、ここ十年ほどのことなのに、もう日本の繁栄期は終わるのか？」

これぞ最後の大意外事。

奇妙な偶然

たしか内田百閒の随筆だったと思うが、夜中にトイレにはいり、暫時ののち、「はてな、いま何時ごろだろう」とつぶやくと、壁の中から「午前二時だよ。……」と沁みいるような声がする、というような怪談があった。

そんな声は聞いたことがないけれど、私は深夜起きていることが多いので、夜中にふと時計を見ることがある。するとそれが必ず——とはいえないが、たいていの場合、何時二十分なのである。

二時二十分、三時二十分、四時二十分か、それは夜によって異なるけれど、とにかく何時二十分のことが多い。

まるで意味のない偶然だが、こういうことが重なると、将来私が息をひきとるのも何時二十分ではないかと思ったりする。

これなどは他愛のない偶然現象だが、世の中にはもっと意味ありげな事実の結びつきが起っているように思う。以下は私だけの妄想か錯覚かも知れないが——。

子供の誘拐事件で、子供をさらわれたときその両親がパチンコをやっている例が多い。子供をさらわれても気がつかないほどパチンコは面白い遊戯なのか、完全に親の世界から捨てられて所在なげにうろついている子供が犯人の誘拐欲をそそるのか。

それからまた別の話になるが、集団で登校中の子供が何人か車にはねられたという事故がよく報道されるが、この被害を受けるのがたいてい女の子だというのがふしぎだ。まさか女の子のほうが不活発だというわけでもあるまいに。

もっとも男の子は行列など組まないでおたがいにケンカしながら歩くのがふつうだが、女の子はしめやかに語り合いつつ行列して歩くものだから、車に気がつくのが一瞬遅いせいかも知れない。

さらにまた、世の人々はお気づきになっていられるだろうか、失火で火事をひき起した際、主人が夜勤とか出張中とかの例が実に多いということを。

亭主が留守だからといって火の用心をおろそかにする主婦もあるまいに、ふしぎなことである。いかに「濡れ落葉」のような旦那でも、家におれば文字通り濡れ落葉的効用を発揮するということか。

それから、私は自分でも蒲柳《ほりゅう》のたちだといっているくらいに、肉体的に環境的に絶好調だと満足したことはめったにないが、それでもときどき、ある期間それに近い状態になることがないでもない。

このときが要注意である。なぜならその天下泰平期がすぎると、そのあと必ず大病か事故か、あるいは予想もしなかった大出費を必要とするような事態が発生するからだ。

それが、どんなに用心していても必ずくる。あまりけったいなかたちでやってくるので、ふせぎようがない。

私の体験する奇妙な偶然といわざるを得ない。

以上はふだんから私が首をひねっている「偶然」の例だが、偶然そのものについては、私の考えるところでは、私たちの個人的人生あるいはこの世の歴史の半分以上は、必然よりも偶然の分子から成り立っていると思うことしきりである。

それを思うと私は一種の無常観に誘われる。

日本刀

未読だが、机上に大井広介さんの『ちゃんばら藝術史』がある。それをちらちら見ていると、いろいろな雑念が通りすぎる。

考えてみると、チャンバラの語源がわからない。おそらくチャンチャンバラバラの略だろう。そしてチャンチャンは刀を打ち合わせる音だろうが、バラバラの意味がわからない。大正期以後の言葉と思われるが、最初の命名者を知りたいものである。

何はともあれ、日本人はチャンバラ映画が好きだ。十分おきにうまいチャンバラが入るテレビドラマを作ったら、おそらく数十パーセントの視聴率を得るだろう。

文化文明の分野において、日本人の発明したものはひとつもないではないか、と日ごろから痛嘆している私だが、ひょっとするとチャンバラこそ、その希有《けう》な例の一つかもしれない、と大ゲサに膝をたたくほどである。

映画のチャンバラなど、いいかげんに撮影したものをあとで適当につないだものだろうと思っていたら、そうではなくて本番前にいわゆる殺陣《たて》師の指導のもとに大変なリハーサルを繰り返していることをこのごろ知った。いまさらいうのもおかしいがチャンバラは能狂言と同じ日本独特の芸であり、芸能であったのだ。

幼少時、私の家に数十本の日本刀があって、それをいじった私の印象では、刀というものはずいぶん重いものだな、ということであった。それが私が青年期に達したころは一本も残さず無くなっていた。売ったのではない。村芝居のあるたびに村の青年たちが、ちょっと差すだけだからといって借りにきて、あと返さない結果であった。

村芝居の話ならまだいいが、後に日中戦争、太平洋戦争に入り、召集された者が将校だと、彼らは公式のサーベルを捨てて、古来の日本刀を調達して戦場に赴《おもむ》こうとした。彼らの頭の一隅には、阪妻やアラカンや大河内の雄姿が揺曳《ようえい》していたのかも知れない。

ちかごろ中世についての本を読んでいて、当時の日本の輸入品の主なものは宋銭と女の髪の毛で、輸出品の代表は日本刀であったことを知った。

当時日本も貨幣経済に移りつつあったが、室町幕府の発行する貨幣には信用がなく、中国から宋銭を輸入してその用にあてたのである。

輸入品のうち重きをしめるのが、女の髪の毛だとは奇妙だ。かつらに使用したとしか考えられないが、それでは日野富子やお市の方の長い黒髪も、あれはかつらであったのか。それにしても、現代の日本でもかつら用の髪の毛はすべて中国や東南アジアから輸入していると何かの本で読んだことがあるが、それは室町期からはじまっていたらしい。

輸出品の代表が日本刀であったとは、おそらく日本刀が武器としてすぐれていたのみならず、美術品としても珍重されたからであろう。

ところで太平洋戦争に、後生大事に持ち出した日本刀はどれほど効果があったものか。当時、海軍部内でも、「世界の三馬鹿、戦艦大和に万里の長城」という声があったそうだ。あと一つは何であったか忘れたが、代わりに日本刀を加えてもよかろう。

格闘戦なら、日本刀よりもピストルのほうが有利だ。太平洋戦争は、実に原爆VS日本刀の戦いであった。それを象徴するかのように、イギリスのロンドン塔には、かつてイギリスが征服した蛮族の王様の宝物とともに、日本陸軍の総司令官、寺内寿一大将の日本刀がさらしものになっている。

生きもの鬼行

NHKのテレビ番組「生きもの地球紀行」のたぐいをよく見る。

そして地の果てに棲息《せいそく》している生物たちの生活や行動に感嘆する。

はじめからこの随筆の主題からはずれるが、こんな番組を見るたびにいつも感心するのは撮影者だ。十歩離れるのも困難な山岳や砂漠で遠距離撮影をしたり、なかでも驚くのは、草原を疾走する獣や密林を飛ぶ鳥を、同じ高さで並走しなければ不可能な撮影をやっていることだ。そんなまねができるわけはないので、私にとってはいまだに謎の一つである。

それはさておき、こんな番組でさまざまの生物の生態を見ると、彼らの世界は決して楽園ではなく魔界であることを知る。その生態の奇怪さに驚くよりも戦慄する。

彼らは遊びで空を飛んでいるのではない。また消化のために野を走っているのではない。彼らの関心は餌の採取と、テリトリーの防衛と、求愛行動と、営巣分娩と短期間の子育てでそれ以外には全然関心がない。要するに個体保存と種族保存のためにだけ生きている。これだけのことをするのに彼らは必死だ。その朝の一食がとれなければ、彼らは死ぬよりほかないのである。彼らの安全を保障するものは何もない。天敵を持たない生物はほとんどない。「私は貝になりたい」というテレビ映画があったがその貝さえもやすやすとこじあけるやつがいる。

特に海底の世界の死闘は黙示録的だ。岩としか見えないのに、それがパクリと口をひらいたり、鼻から釣り竿を出して、糸をたらして、その先に肉片のようなものをヒラヒラさせて他の魚をおびきよせる怪魚がいる。その釣り竿も糸も肉片もみな怪魚の身なのだ。

私は無神論者だが、宇宙の無限とこれら生物の生態の奇怪ぶりには神らしきものの存在を思わないわけにはゆかない。

しかも決して善意ではなく、巨大ないたずらに似た悪意を。なぜなら、生物界には、悪意なくしては出現しない外形を持ったものだらけだからだ。私たちが籠や池に飼っている平凡な鳥や魚にしろ、あれも何十倍に拡大して見るがいい。ことごとく凄じい、面をそむけずにはいられない猛禽《もうきん》怪魚の面貌《めんぼう》である。

「いや、人間に生まれてよかったなあ」

と、胸をなで下ろしたあと、ふと、「しかし鳥獣虫魚にとって最大の天敵は人間じゃないか知らん？　彼らにとってこの世を魔界にしているのは人間じゃないか知らん？」

と、思い当たった。

その通りだ。個体保存、種族保存のため、それのみのため必死に千変万化の工夫をこらしている彼らをやすやすと釣ったり、鉄砲で撃ったりして、それどころかまだ生きているものを焼いたり三枚に下ろしたりしてムシャムシャ食ったりしているのは人類だけではないか。地球を魔界に変えるのは人間だ。個体保存、種族保存といった切実な目的もないのに、何万という人類を共食い的に殺戮するのは人類だけだ。他の動物はそんなことはやらない。

それはそれとして、人間外の動物が人語を発声しないのが私にはふしぎだ。何十億年か昔、同じ海底から陸に這い上がってきた仲間ではないか。もし鳥や魚が人語を解し、包丁を見て「痛いよ」とか「助けて下さい」とか叫んだら、人間はそれに動かされるか、無視するか。鳥や魚にその能力を与えなかったのは神の慈悲か悪意か。

金メダル

これを書いているいまは、アトランタのオリンピック終盤近くで、いままでのところ日本が獲得した金メダルは三個。

奮闘している日本選手を見ると涙がこぼれるようだが、心を鬼にしていえば、中国の十個、韓国の六個にくらべても、日本もあと三個くらいは欲しい。国民の人口から見ても十個以上が順当だと思う。

私はスポーツの世界競技は日本人には向かないのじゃないか知らん、と考えることがある。

オリンピックは勝つためにではなく、参加するためにある、というクーベルタンの言葉は知っているが、深海の怪魚にも似た獰猛《どうもう》な外国選手に混じって走ったり飛んだりしている日本選手を見ると、つくづくと場ちがいの感を深くせざるを得ない。

戦後日本の若者の足が長くなったという調査を見てよろこんでいたが、オリンピックのテレビを見ると、日本選手はやっぱり小柄だ。

一方、オリンピックの陸上競技といえば黒人大会ではないかと思われるような現象がある。

そして彼らのみならず白人も同じだが、メダルを獲得した場合のガッツポーズが完全にショウだ。それにくらべて日本選手のよろこびの表現はどこかひかえめだ。

オリンピックとは別の話になるが、日本という国と国民は、石油も鉄もウラニウムも生産しないにひとしく、ノーベル賞の受賞者も少ないのに、どうして世界で一、二を争う経済大国になったのだろう。日本人の七不思議の一つだ、と私は首をひねっていた。

それに対して私は、日本人の教育や知能が、まあ平均七十点くらいだからだ、外国人は百点満点で百二十点くらいの人間がいる代わり、二十点、三十点の連中が多いからだ、と考えた。

何だかいつぞやの日本の首相の失言に似ているが、失言というものは古来当たっていることが多いものである。首相でない私ごとき巷間《こうかん》の書生の言葉ならまあよかろう。

話がずれるようだが、日本軍と戦ったソ連の高級武官とアメリカ軍の将官の日本軍評を読んだことがある。

「日本軍は兵は強い。しかし将校以上は柔軟性がなくてダメだ」

別々の著書で、しかも似たような感想であったからおぼえている。日本経済の発展、このごろの無力ぶりは、この批評と通底しているのかも知れない。

また別に、ある韓国人の曰く、

「日本人と喧嘩する場合、一人ずつなら絶対に負けない。二人ずつならあいこだ。三人ずつになるとこっちが負ける。それは日本人はすぐ団結するのに対し、韓国人は団結しないからだ」

韓国からすると、そんなに見えるのかな。何はともあれオリンピックで日本が、人口で三分の一の韓国の金メダル六個に対し三個というのは、幼年時代からの反日教育に燃える韓国人と、それに辟易《へきえき》気味の日本人との気合の差がまざまざと現れた点もある。外国選手は金メダルをとれば一生左うちわで暮らせるだけの報酬をもらえるから、という人があるが、日本もそうしたところで、大した効果があるとは思えない。日本は古来超人の少ない国と国民なのである。残念ながら日本はスポーツの金はあきらめて、経済大国に専念したほうがいい。

それなのに、オリンピックをまた日本に持ってこようとしゃかりきになっている人々があるとは？　この楽天性、私の日本人の七不思議の最大のものというべし。

蓼科の夏

ことし平成八年九月五日、蓼科の山荘でこの原稿を書いている。ストーブをつけてである。朝から曇天でうすら寒く、屋外の寒暖計は十六度前後であった。

ここにこの山荘を作ったのは、昭和三十年代の末ごろだから、もう三十何年かになる。

はじめはずいぶんふざけた話からであった。

推理作家の土屋隆夫氏が地元の立科町の役場からの依頼で、白樺湖周辺を作家の別荘地として貸し出したいのだが希望者があるだろうか、という話を持ち込んできたのだが、そのころはセカンドハウスのことなどみな頭にないころで、誰も応ずるものがない。

わずかに私だけがそれに応じた。しかし現地を見もしないで一万坪を申しこんだ。すぐに立科町役場から電話がきた。

「一万坪借りて何をしようというのですか」

一区画は四百坪なんだそうである。

「そこに三坪ほどの小屋をたててマージャンをやるんだ」

「冗談ならやめて下さい」

別にまるきり冗談でもなかったのだが、話はそれきりになった。

一年ほどたつと、隣家の主人と雑談中、ふとこの話を思い出してしゃべったところ、

「それは面白い。私も借りることにしたい。何も山に塀をめぐらすこともあるまいし、四百坪で結構じゃないですか。もういちど立科の役場のほうに話をしてみて下さい」

話は再開され、両人ともに四百坪ずつ拝借することになった。隣家の主人は出版社の社員つまり編集者だ。

場所も向こうの指定で、白樺湖からいわゆる天皇道路を一キロほど上がったところ、白樺と水楢《みずなら》と柏のおいしげった森の中だ。

その借地代が年になんと十六円なのである。百坪で千六百円、一万坪でも十六万円。私が一万坪を申し込んだのも気が狂ったわけではないことがおわかりだろう。

立科から土屋さんに紹介されて大工の爺さんがやってきた。今までやっていた土建業をやめて建築業をやるが、その第一号として家を建てさせてもらいたいという。

それで坪十万で三十坪の家を建ててもらった。

さてそれから三十余年たつ。白壁のわが山荘は一点のヨゴレも見せず、ビクともしない。しかしちっとも別荘らしくなく、何しろ十万円で作った家だからというひけ目もあって、あるときあいさつに来た大工の爺さんに、「この家もう何年保《も》つかね」ときいたところ、

「これはあたしの作った一番目の家なので、熱誠こめて念入りに作ったので、まず百年は保ちますな」

といったので、ウンザリした。

どうも家というやつは、それを建てたときの建て主の貫目に合わせて作られ、その後何十年かたって建て主のほうはすっかり変わっているのに建物はまったく変わらないから困る。

とにかく涼しいだけがトリエである。いや、涼しいだけで充分である。真夏、東京が三十五度を超える紅蓮《ぐれん》地獄にあえいでいるとき、この山荘にきて寝ころがると、ここは天国かと思う。東京が何度になろうと、蓼科は二十二度を上らない。

私はことし七十四歳になる。日本人の平均寿命にはまだ達しないが、自分では充分長生きしたと思っている。そして私を長生きさせた最大の原因は毎年の夏ひと月半ほどの蓼科の避暑生活にあると考えている。

風の墓

中途半端な小説

自分の書いた小説でさえ、時々刻々忘却のかなたへ去ってゆく。

それでも、あるとき、ふと自分の小説は主人公が立往生するところでラストになるものが意外に多いようだと気がついた。

立往生とは、自分のやった行為が果してまちがいなかったかどうか、相手の正邪《せいじゃ》を裁断したことが正しかったかどうか、判断停止の状態になる、という意味である。

私の書くものは娯楽小説なので、これでは困るのである。明快な勧善懲悪の快感を味わうために娯楽小説はあるのだから。——で、私もできるだけその趣旨に添おうとはしている。が、こういう吹っきれないラストの小説は、数作にとどまらない。私の本性がどうしても現われると見える。

つまり私の頭には、この世に存在するもの、起ったあらゆる事件についての解釈に対して

「そうとはかぎらない」という疑念がしつこく揺曳《ようえい》しているのだ。

いつか金井美恵子さんが、正確な言葉は忘れたが私の文章について「山田風太郎の論理にはいちいちそれに反対の論理があって、それがはね返る」という評を下すったことがあって、そんな大それた操作をしたおぼえのない私は、「？」と首をひねったが、いみじくも私の本性を見ぬかれての言葉であったかも知れない。

そして思案してみると、なるほど自分がふだんいだいている人生観、歴史観、死生観などにほとんど右の疑惑がくっついていることに気がつく。

それが世の常識や通念に反するものが多いのでこちらも自信が持てず、中途半端で立往生していることが多い。

そのうちおそらく立往生したまま往生してしまうことになるだろう。

中途半端な否長寿論

いま「朝日新聞」の家庭欄に、「あと千回の晩飯」と題するエッセイを連載している。老境にはいった人間の身辺や心境を書いてくれという注文で、その趣旨に従って愚文をつらねている。

そのなかで私は、近未来に予測される老人大氾濫時代にあたって、例の排泄物垂れ流しなどの問題を例にあげ、長生きしすぎるのはハタも苦のタネだし、本人もラクじゃなかろう、いっそ国立大往生院でも作って、希望者を安楽死させてはどうか、と書いた。死ぬ適齢は六十五歳で、それ以上の生存は生物学的に無用である、と書いた。またある専門医の言葉をひいて、「長生きする人間は、ひとの頭を踏んづけても生きようとするゴーツクバリな人間が多いそうだ」と書いた。

私としては、むろんブラックユーモアのつもりであった。

むろん相当な抗議の手紙がくることを予想した。果せるかな、勘定したことはないがずいぶんたくさんの手紙をもらった。

ところが、一通を除いて、非難や抗議の手紙はなかった。みな大賛成。早くそんな設備を作るように運動してくれという手紙ばかりであった。

それがみなババさまばかりのもので、文面からしてブラックユーモアではなく、みな真剣なのである。

これも私は一面予想していた。日本人はウェットだから案外賛成者があるかも知れない、と。

日本のババサマたちは、決して長生きしたくて長生きしているわけではないのだ。世をはばかり、人をはばかって生きているのだ。決してゴーツクバリじゃないのだ。可憐な日本のババサマたちよ！

右のアイデアは冗談にしても、「長生きはそんなにおめでたいか」というのが私の本気な疑問であったが、こういう例を見ると私の疑問もまたゆらいでくる。

中途半端な「無葬式」

八王子あたりの山上に墓地を買ったのは、もう二十年ほど前のことになる。故郷の但馬には先祖代々の墓があるのだが、墓参にゆくにはあまりに遠すぎる、と考えたからだ。女房が墓参にくるものときめこんでいるのが可笑しいが、とにかく墓は要るものだと思っている。それは骨壺の始末のつけどころとしてである。

いまの東京近郊に墓地を求めるのは大変らしく、いっそ散骨したいという人もあるようだ。散骨とは遺骨を山野にばらまくことだが、いまの『広辞苑』には載っていない。これは、散骨は法律で禁じられているとみな思いこんでいたが、そういう法律はないということがわかったのが、ごく最近のせいだろう。

しかし、法律で禁じられていないにせよ、実際に散骨する者はめったにあるまい。愛する人の骨を山野にばらまいて、罪の意識を感じない者がそんなにあろうとは思えないからだ。で、遺骨の始末法として、やはり墓は要る。

で、私は墓地を定めた。墓石はまだ立てていないが、戒名は自分でつけて、妻にいってある。はじめは「風々院風々風々居士」というのであったが、最近「風の墓」と改めた。このエッセイのタイトルがそれである。

墓は要るが、しかし葬式は無用だろうと私は考えていた。

理由はいろいろあるが、その最も大きなものは、自分が仏教徒ではないということである。神道にせよキリスト教にせよ、事情は同じだ。

その信念？　がこのごろゆらいできたのである。

宗教にこだわる必要はないのではないか、あれを日本古来の習俗と見ればいいのじゃないか、そういう考えが胸にきざしはじめたのである。

「習俗」として見れば、日本のお葬式も捨てたものじゃない、という気がしてきたのである。

もっとも私の場合、七十年前父が死んだとき、六十年前母が死んだときの、但馬の山村で営まれた葬礼の行列の哀切な記憶が、幻のように揺曳しているのだが。

霧の中の黒白

自分にとって、それが是か非か、断定しかねる問題がいろいろある。無判断ということは、無思考と同じことになるのだが——。

たとえば、軽いところで美食の是非。

夏目漱石の家では夕食は一汁一菜を習いとし、余ったおかずは娘さんの学校のお弁当になったという。森鷗外はナスの煮物、ナスのあげもの、ナスの漬物、ナスの味噌汁があれば満足していたという。これが戦前の常食であったのだろう。こんな食事は節倹の美徳ではなくて自殺にひとしい犯罪だと思う。

それにくらべて戦後、日本人の体格が格段に向上し、世界一の長寿国になった原因の一つはまぎれもなく飽食のせいだ。その点決して軽い問題ではないと思われるが、一方、美食のおかげで成人病が激増したそうだから、私はウーンと立往生してしまうのである。げんに痩せっぽちの私まで糖尿病に悩まされている始末だ。

大きなところでは、天皇制、死刑制度、再軍備等の是非にも立往生している。なんと、その是非が決定したかに見える太平洋戦争の善悪についてさえ、いまだに私は首をかしげているのである。

こんなことをいうと、前世紀のシーラカンスのように思われるだろうが、決して私一人の疑問ではない。最近の日本の首相の謝罪外交に対してあがった疑問の声の、ばかにならぬおびただしさを見よ。

とはいうものの、この土下座外交のおかげで、日本が戦後五十年の太平を得たことを思うと――五十年の太平なんて、明治以来いちどもない――単純な悲憤慷慨《こうがい》の論も向けにくくなる。

そもそも日本人は、物事すべて黒白をハッキリさせないと承服できない性格なのだろうか。

それともいいかげんに処理して意に介しない性格なのだろうか？

両説あるが、私は後者だと思う。

あの世の辻から

死後の世界はあるか

ここではじめて打ちあけるが、私、山田風太郎はすでに死んでいる。

亡くなったのは昭和六十四年はじめのことだから、もう五、六年前のことになる。

死因は泥酔による階段からの転落で、三日ばかり脳死状態にあったのち息をひきとった。

では、この文章は私が死ぬ前に書きためておいたものかというと、そうではない。地上の現世ではことしが平成六年であることはちゃんと知っている。

私はいま、これを書いているのである。——死後の世界で。

どうしてこういうことができるのか、まず説明しておこう。

来世があるか、ないか。

イスラム教など特殊な宗教国や幼少年などを除けば、人類の七割ないし八割は来世などないと信じているだろう。

むろん、私もその一人であった。

死の前には人間も虫ケラも変りはないはずだが、虫一匹をたたきつぶして、いくら皿のように眼を見張っていても、その死骸から何かが別世界へ飛び去るとは認められないからである。

死は無だ、そう信じないわけにはゆかない。

ところがふしぎなことに、そう断定しても心事晴朗でない何かが残るのである。そう断定した口の下からヒョイとまた来世があるようなせりふがもれるし、またどこか来世を思考の中にいれているのを感じる。

それにはいろいろ理由があるが、その重大な理由の一つに、現世の自分のあり方がきわめて不安定なものだという意識があるようだ。必然性がないのである。

自分が現在ここに存在している。それはたしかな事実にちがいないが、その現在と、自分がここに至るまでの過程を思い出してみると、その九〇パーセントくらいは必然より偶然によるものだと感じないわけにはゆかない。鷗外の『雁』は、サバのミソ煮のためにヒロインの恋がむなしくなるという話だが、それに似た例がわが人生でも無数にある。わが人生を唯一厳粛なものに造形するには、あまりにもいいかげんすぎる、と感じないわけにはゆかない。

あのときの偶然がなかったら、自分の世界はまったく別のものになったにちがいない。その思いが、自分のほんとうの人生は別世界にあったのではないか、という空想につながり、それは宇宙に別の世界が――いや、別の宇宙そのものがあるのではないか、という空想につながる。

かげろうみたいな自分一個人にはかぎらない。そもそも地球上に生命というものが誕生したきっかけは、想像を絶する奇蹟的偶然の結果だそうだ。それから現在の地上の世界に至るまでの糸も、無数の偶然によって織りなされてきたものに相違ない。

その間には、ほかの偶然によって成立した別の世界が存在する可能性は決してないとはいえないのではないか。しかも無数。それがわれわれに感じられないのは、われわれの五感や思考とは次元を異にしているからではないか。

その無数の別世界には、無数の自分が生存している。そのなかには、現在の自分とほとんど一髪のちがいしかない自分もいるだろう。

一髪のちがいというと、例えばこんな可能性もある。

われわれはよく宇宙の果てとか死後の世界とかについて頭をひねりまわし、ああだ、こうだというけれど、それは結局脳細胞の考えたものである。脳細胞は、元素から成り立っている。金、銀、銅、錫、鉛などはもとより、水素、酸素、弗素《ふっそ》、砒素《ひそ》、それからナトリウム、マグネシウム、カリウム、アルミニウム、カドミウム、マンガン、ウラン等々。

脳細胞はこのうちの何と何から成り立っているかは知らないが、その分量と配合は、人間である以上、大学者もアルツハイマーも大体において変わるまい。すなわちいかに神秘深遠なる宇宙論も生死論も、しょせんこの元素の量と配合がかもし出したものの限界内にあるのである。

「死後の世界はない」など高慢な断定を下すのもそれらの作用である。

その元素の量と配合が、通常の人類のきまりと異なる脳を作り出したらどうなるか。

そして、別の宇宙に住む「私」がそのたぐいの脳の所有者であったらどうなるか。

生前、私はそんなことを考えることがあった。

——結果から見ると、これらの疑問は当たっていた。

別の宇宙は存在していた。そこに別の私がいたのである。

さんぬる昭和六十四年、私は酔っぱらって階段から転落して死んだ。が、それはこのA世界での出来事であった。そのときB世界にも私がいて、これも同時に階段からころげ落ちて絶息した。

この二つの世界は一髪のちがいしかなかったのだが、次元を異にするために決してたがいに現前することはなかったのだが、また一髪のちがいであったために、その一瞬に両者が交錯し、私という個体だけが入れ替ってしまった。

B世界の私は、A世界の私になってしまったのである。

A世界の私はB世界へ乗せられて、永遠に再会することもない果てに飛び去ってしまった。

つまりA世界の私は死んだのである。
そして、B世界の私は、A世界の私としてここにいて、こんなことを書いている。

死者の口

前項で私は、このA世界の山田風太郎は昭和六十四年に死んだのだが、そのとき一髪の違いしかないB世界と混合して、B世界の山田風太郎になってしまった話を書いた。で、外見では同じ山田風太郎が脳死から回復して依然として生存しているように見えるが、実はB世界の山田風太郎なのである。

脳死から回復するということはあり得ないのだが、それはA世界だけの話で、B世界も介入してくるとなるとその限りにあらずということは、私が証明している。

何にしても異次元のB世界から来た私は、A世界の見地からはすでに死人といってもいい。

外見のみならず、二つの世界は一髪の違いしかなかったから、その知識、生活もほとんど変わらず、だれもその変化に気がつかない。その後私は、『人間臨終図巻』だの『半身棺桶』だの『死言状』などという不吉なタイトルのエッセイ集を書いたが、それを読んでだれもが特に異常を感じなかった。

一髪のちがいというと、現在の私の脳ミソは、ふつうA世界の人類の脳髄を構成する元素のうちアルミニウム分が、その下限よりさらに〇・〇〇七ミリグラム少ないそうだ。

なぜそんなことがわかったかというと——。

おっと、話はここでガラリと変わるのです。

何も私は本紙からパラレル・ワールドのSFの注文を受けたわけではない。ふつうのエッセイを依頼されたのである。

ただ、ふつうのエッセイでは平凡だ。そうだ、死者の眼で見るエッセイはどうだろう、と考えた。そこで、そういうものを書く前提として以上のような空想をめぐらしたわけである。

もしこれが実現したら、さぞ面白いものができるだろう。この世でわれわれを縛る恐怖、利欲、愛憎とは死者は無関係である。法律、常識、タブーさえ眼中にない。面白いどころか凄いエッセイになるだろう。

右の空想ではパラレル・ワールドが同時に進行することになっているが、もし三年くらいの時間差があって、たとえばB世界のほうが三年先行していたとしたら、三年先のA世界を予言することになる。

政界は一寸先は闇だという。ましてや三年先のことを知っていたらその人間は、日本の政界どころか世界の覇者になるだろう——と考えたが、ほんとうをいうと、三年先のことがわかったらこの地上の人間の何割かは自殺するかも知れない。未来というものは、知ってしまえばそれまでよ、知らないうちが花なのよ。

あれ、またSFの話になってしまった。

いうまでもなく、私は死者ではないのである。そんな魔人的な眼を私が持っているわけがない。私は私をとりまく平凡な浮世を、平凡な眼で見たエッセイを書くよりほかはない。

それでも死者の眼というのは捨てがたいアイデアだと思う。

ところでこのごろ、何度か私の頭をかすめすぎるある感想がある。

それは例の太平洋戦争が、年とともにいよいよ評判がかんばしくなくなることで、五十年たってなお日本の総理大臣が相手国にわざわざ陳謝にゆくありさまだが、それが二十年三十年前にはこれほどではなかったのがふしぎなのである。

それにはいろいろな理由があるだろうが、日本側に関するかぎり、あの戦争の参加者の大半がもはや死者となったか、あるいは老衰したのが大きな理由だと思われる。

つまり、それに異論を唱える口がなくなったか、少数派になってしまったのである。

明治の批評家斎藤緑雨に、

「刀を鳥に加えて鳥の血に悲しめども、魚に加えて魚の血に悲しまず。声あるものは幸福なり。叫ぶ者は幸福なり。泣き得る者は幸福なり」

という警句がある。

この警句の真意は別として、私は「魚はもとより鳥だって人語を発しなくてほんとに人間は幸福だった。あれが痛いだの助けてくれとか叫んだら、さぞ人間は困ったろう」と考えて苦笑したことがあった。

人間だって死者となれば、鳥、魚以下の死人に口なし、死者ほど哀れな者はない。と、一度考えたが、しかし再考するに、先に述べたように、また死者ほど強いものはないのである。ただし口があれば。

死者に代わって言う、ほどの気がまえも能力もないが、どこか、それを頭の一隅にとどめてこのエッセイを書いてゆくことにしよう。

善玉・悪玉

ＮＨＫの「花の乱」はまだ一見もしていないが、はじめその主人公が日野富子だときいたとき、「さあて」と私は首をひねった。

日野富子がまぎれもない「悪女」の典型であることは、歴史の定説となっているからである。

なみなみならぬ権力をふるった大女性として、北条政子、淀君、春日局などがある。みな相当な個性の持主だから、これを烈女として見ることも猛女として描くことも可能である。だからかつて大河ドラマはこれらの女性をヒロインとした。

が、日野富子はどうか。

彼女が応仁の乱をひき起し、泥沼化させた張本人であったことは、それもわが子への愛にひかされての所業だとして、まだ同情の余地がないでもないが、相戦う両軍の双方に高利貸しとして臨んだという、この行為一つだけとっても、まさに大悪女の刻印を打たれるのはやむを得ない。これを隠したり美化したりすれば歴史のねじまげとなる。

小説ならその悪女ぶりを、それゆえにいよいよ魅力的に描くことも可能だが、ＮＨＫの大河ドラマの主人公というのはどうだろうと、私は一見もしないのに心配している。

そういえば、歴史上、いろいろと善玉・悪玉がある。

思いつくままに善玉の名をあげると、義経、信長、秀吉、水戸黄門、大石内蔵助、西郷隆盛などがある。これらの人物を悪玉として描くのはむずかしい。

悪玉のほうは、尊氏、家康、松永弾正、田沼意次、井上馨などがある。この中にはその後再評価された人物もあるが、それでもいったん打たれた刻印を完全に改められたとは思えない。

太平洋戦争でも、東条悪玉、山本五十六善玉の対照が、漠然とながら根づよく人々の頭に印象されているように見える。

戦争責任、あるいは敗戦責任という点では両者にそれほどのちがいがあるとは思われないのだが、いったん悪玉のレッテルを貼られると、東条の謹直な性格も小心頑固のあらわれといわれ、山本のギャンブル好きも快男児の発現と見なされる。

彼らの中には善玉なり悪玉なり、それにふさわしい行跡を残した人物もいるが、真実とは何のかかわりもなく、講談や小説や映画などがでっちあげた稗史《はいし》からそういう位置を与えられた人物も少なくない。興味本位の歴史物語を稗史というが、善玉・悪玉のレッテルは、正史よりこの稗史によって貼られることが少なくないのだから稗史も決してばかにはできない。

いま日野富子を善玉に描くなら歴史のねじまげだといったけれど、実はそういう例は少なくないのである。

まっとうな史伝と見えるものだって、結局は書き手の独断によるもので、書かれた当人にいわせれば異議百出だろう。

とにかくこれらのおかげで善玉にされたほうはごきげんだろうが、悪玉にされたほうはかなわない。もし当人が生きていて読めば、「それは誤解だ！」と頭から湯気をたてて叫び出すにちがいない。

しかし、もともと人は誤解の中に生きているものなのである。

私のようにあまり世の中とかかわりのない人生をすごしてきた者でも、「ああ、あの件については誤解されているな」と考えることが少なからずあるが、これをいちいち弁明にまわるのも面倒だから放り出したままにしている。

しかし、誤解を放り出したままにしてはおけない性分の人もいるだろう。ことに獰猛《どうもう》な性格を持つ政治家などはそうだろう。特に自分を悪玉と見るヤカラに対しては激烈な反感を起さずにはいられないだろう。げんにちかごろも、自分を誤解したと見られるマスコミに対していろいろ反撃を加える政治家もあらわれたようだ。

そのけんまくを見ると、その反論の正当性不当性を判断するより、ただ気の毒の感をもよおされる。結局はムダな抵抗だと思うからである。浜の真砂はつきるとも、世に誤解のたねはつくまじ。

善玉・悪玉の烙印は、実際の彼の行跡とは別の次元で押されるのだから、彼の力ではどうしようもない。悪玉ときめつけられたら百年目である。

タブーと不文律

「タブー」とは何か。

辞書を見ると、「超自然的な危険な力を持つ事物に対して、社会的に厳しく禁止される特定な行為」となかなかむずかしい。「聖なる」を意味するポリネシア語を語源とするものの由。

私は、法律ではないが、社会的に伝統的に、やってはいかんということになっている掟、とでもいう程度に解釈している。

昔は、庶民はタブーの海のなかにいた。多くは迷信、ジンクス、おまじないのたぐいで、いまではその大半は消滅したと思われるが、それでもまだいろいろとあるようだ。

私の見るところでは、その最大なものは例の差別語の問題と天皇陵の問題である。差別語をタブーとするのは意味がないでもないが、いまの時代に天皇陵発掘を禁忌とするのはわけがわからない。

皇室ご一家のプライベートな祭祀の対象だから、というのが宮内庁の言い分だが、いくら天皇陵でも千年以上もたてば、考古学の対象にもなるのは当然だ。祭祀は祭祀でやればいいじゃないか。そもそも天皇陵を公開すると困ることでも宮内庁にあるのか、とこちらはあらぬ疑いをいだく。ちなみに私は、例の皇后バッシングのとき、心中に「大逆無道」とつぶやいた男である。

まあ、タブーはないほうがいい、そんなものが少なければ、少ないほど文明開化というものだ。

ところで、日本には昔から、これと似た「不文律」という掟があった。法制や法律に文章として書かれていないけれど、暗黙のうちに世に通っているきまりである。

これはタブーとちがって禁止事項ばかりではないけれど、そうであっても大いに賛同できるものが多い。そんな例をいくつかあげてみる。

民放のテレビのコマーシャルなどに、そのスポンサーが出演するのは好ましくない。老母を背負って登山する孝行息子の自分の映像を出して、人類はみな兄弟、なんてことをいった大スポンサーがありましたな。

何とか賞の出し手の社長や選考委員でありながら、自分でその賞をもらっちまうというのも甚だ感心しない。当人には、推挙やみがたく……なんて理由があるだろうが、他人には通用しない。

「巨悪」を弾劾する検事や、それを指揮する検事総長までやった人物が、退官後、その巨悪の連座する裁判で、被告の弁護団のメンバーとして登場するのも釈然としない。当人としては、退官後弁護士となり、弁護士となった以上被告の弁護に全力をあげるのは当然だというだろうが、裁判をゲームだと見ることにまだ抵抗をおぼえる日本人には、シラケ、興ざめの感をもよおさせる。それどころか検察庁の威信さえ疑わせる。

不文律とはルールなきルールとでもいうべきものだが、何にしても「それはルール違反だゾ！」と叫びたくなるもっと大きな例が横行している。

国連常任理事国は世界の旦那衆である。その五カ国の仲間にはいりたいと日本もムズムズしているようだ。

この旦那衆国が現在の世界の秩序をとりしきっているのだが、同時にこの五カ国だけが核兵器を持っているのみならず、世界の武器輸出国の代表となっている。国連常任理事国といえば世界の平和のリーダーたるべきはずなのだが、同時に核と武器輸出の特権国なのである。

国連のルールがどうなっているのか知らないが、ルールがどうであろうと、これなど巨大なルール違反という気がする。

ひとのことは笑えない。

そもそも政治家の最大の役目は、国民からとりあげた税金の分配作業なのである。それなのに日本の政治家がそれより熱心にやっているのは自分自身の脱税作業であるかに見える。

政治家最大のタブーは脱税行為であるはずだ。しかるに現実には脱税すること傍若無人、国民は彼らこそ職業別脱税ワースト・ワンだと見ている。どうやら政治家は自分たちの脱税は天下公認の不文律だと考えているらしい。

昔、廓《くるわ》では、傾城《けいせい》屋の主人をはじめ、そこで働く男衆たちが遊女に手を出すことは絶対まかりならぬという不文律があって、これに違背した者には峻烈きわまる私刑が科せられた。いまの政治家もこの廓の不文律を学ばせるべきかも知れない。

残念無念の事

ひとごとながら、「未完成」なことに残念至極に思うことがある。

それはいろいろあるけれど、ここでは芸術作品の例をあげてみよう。

第一は、漱石の『明暗』である。漱石はこの作品を新聞に連載中、胃潰瘍で死んだのだが、小説は何となく大詰近いものを思わせる。あと一ト月か二タ月くらい生命があれば、小説は終わっていたのではないか。『明暗』が完成していれば、漱石の作品のみならず、日本文学中最高の心理小説として残ったろうと思われるだけに、残念至極である。

近年そのあとをついで続篇『明暗』を書いた女流作家があって、私の書架にもそれがあるのだが、こちらの読みたいのは漱石の『明暗』なのだから、まだそのほうは読んでいない。

作者の死によって未完となった作品で、ああ惜しいことをしたものだと思わせるものは、あまり頭に浮かんでこない。それどころか、長生きしすぎて衰弱した作品を残し、その意味で残念な例ならたくさんある。

ああそうだ、作者の死で未完となった大作に『大菩薩峠』があるが、これは未完であることを知っているのみならず、作者があと何十年生きていようとやはり未完で終わるような感触から意気阻喪して、私は読むのを半分であきらめたが、別に惜しいとも思っていない。

それより残念なのは、作者の生きているのに中絶したものがあることで、芥川龍之介の『邪宗門』、谷崎潤一郎の『武州公秘話』『乱菊物語』がその好例だ。その中絶した理由も読んだような気がするが忘れてしまった。

特に谷崎の『武州公』と『乱菊』は、未完作にもかかわらず谷崎文学のなかでも最上等に属するものと考えていただけに、私は「谷崎さんは新訳源氏などやるひまがあったら、なぜあのつづきを書かなかったのだろう」と首をひねっていた。

ところが晩年の口述筆記の秘書として身辺にあった伊吹和子さんの回想記『われよりほかに』によると、谷崎氏はしきりにこの両篇の稿をついで完成させたいと口にしていたそうである。それを知って私は、さもあらん、と、うなずくとともに、自分の眼の狂っていなかったことに満足をおぼえた。谷崎氏に未完の小説はまだほかに何篇かあるのである。

第三に、これは小説ではなく映画の話で、しかも未完成も何もはじめから作られていないのだが、黒澤明監督のことである。

十何年か前、黒澤監督が自殺をはかったことがあった。その原因を私は知らないが、おそらく自分の才能以外の理由で思うように映画を撮れないことに絶望しての行為だったのではなかろうかと考えている。

そのとき私はよく来訪の編集者に論じた。

「政府はなぜ黒澤監督に映画を作らせてやらないのだろう。文化庁にそんなことを思いつく役人はいないのか知らん。作品は『平家物語』だ。これを十くらいのシリーズにして、一篇あたり一千億円くらいの製作費を出す。内容については一切口を出さない。しかし黒澤明が撮れば、かならず後世に残る国民的財産になるんだが」

しかるに近ごろ黒澤監督みずから語ったところによると、「一生の悔いは『平家物語』を撮れなかったことだ」と。

まさに私の夢と符節を合するがごとし。あて推量もここまでくると、扇子で自分をパタパタあおぎたくなる。

谷崎さんといい、黒澤さんといい、ご当人たちがこんなせりふを吐いてから、私がこんなせりふを吐いても証文の出しおくれみたいだが、私としては双方の言葉がぴたりと合ったので、こんな文章を書く気になったのだからいたしかたがない。

黒澤監督は「まあだだよ」とご健在だからまだ間に合うといいたいところだが——「しかし、もう平家の公達をやれるような俳優がいなくなった」と歎いていたが、私の見るところによると、別の理由でも——実現は困難だろうと思う。八十歳を越えてから『平家物語』は何としても重すぎる。

八十歳を越えてなお生産をつづけた超人ぶりは、松本清張さんとともに一代の壮観だ。同時代の人間はあまり偉くは見えないものだが、このご両人はまさしく現代の超人であると認めないわけにはゆかない。

しかし、いくら何でも、もうムリだろう。かくて、超人的手腕によって壮絶な壇ノ浦の海戦や悲壮な義経弁慶の最期など、現実の動く絵巻として見る機会は永遠に失われてしまった。悲しい哉。

面白や　言葉の誤用

近ごろ、知り合いの若い人に、「情けは人のためならず、とはどういう意味か知ってるか」と、きくと、果然その半分は、「なまじ親切をかけると、相手に甘えを生じさせて、かえって当人のためにならない、という意味でしょう」と答える。

「いや、そうじゃない。人に親切にすると、めぐりめぐっていつの日か、自分にもよいむくいがくる、という意味だ」と、教えてやると、釈然としない顔をしている。

これなど、なんども新聞のコラムなどにとりあげられている例なのに、まだこの始末だ。これは相当に重症である。そのうち国語辞典に、この正解のほうが第二解として出るようになるかも知れない。

しかし、言葉の誤解ないし誤用は面白い。ふだん私はそれを歎くより面白がっている。だいいち、私自身がうっかり誤用をやることがあり、どこが誤解だかわからない場合もある。

昔ある女優が自伝で「私が懐妊したときに……」と書いて、「懐妊とはやんごとない身分の女性のことだ」と笑われたことがあるが、言葉自体はどこが誤っているのかわからない。

だからゴーストライターあるいは校正者も気がつかなかったのだろう。字引きにも貴種を思わせる解はない。おそらく慣例によるものだろうが、これだから言葉はむずかしい。

またいつぞや私の小説を読んで、「鳥肌立つ」と批評してくれた若い女流作家があって、はじめ悪口かと思ったが、全体の筆致は感嘆にちかい。それでどうやらこの作家は、「鳥肌立つ」という言葉を誤解しているらしいと気がついた。その後この人ではないが、同様の意味で使っている女流作家の文章もなんどか見たおぼえがある。

私の感覚からいうと、よく週刊誌の見出しなどに見られる「××さん　壮絶なガン死」という言葉も面妖である。壮絶は、偉大とか勇ましいとかいう意味をふくんでいるが、ガン死はとてもそんなものではない。ガンが銃のことなら、いくぶんかそういう感じがしないでもないけれど。

それから、政治家のよくいう「粛々と」という形容もおかしい。これから粛々と新党運動を進める、などという。粛々、などというと私など「鞭声粛々夜河を渡る」を思い出すが、この形容は上杉謙信だけのものにしてもらいたい。粛々と脱税の工夫をこらす、というのなら、まだわかるが。

ひとのことは、笑えない。

私などもよく書きまちがえそうな言葉がある。「言語道断」をうっかり「言語同断」とやるのである。道には「言う」という読み方があって、道断とは言うべき言葉もないという意味であることを忘れるからだ。しかし、たしか『八犬伝』で、言葉にうるさい馬琴も同断とやっていたような気がする。

それから、よくまちがえるのが病気の「予後」という言葉。これは個人のことではなく、その病気自体のたちがいいか悪いかということだが、いつであったか、吉川英治の自作年譜を見ていると、やはり「その病気の予後はよろしく、やがて回復に向う」というようなことが書いてあった。しかしみなまちがえると、それが正解になるのがこの世の例で、いまはこの使用法も必ずしもまちがいとはいえないらしい。

言葉の誤用には、意識的な誤用もある。

思えば吉川英治はその大名人であった。吉川文学に頻出する「造語」がその現われだ。その例として、少年のころ読んだ『天兵童子』という小説の見出しの一つに、「暗天霹靂《へきれき》」というのがあったことを思い出す。中国陣の秀吉が信長の横死の第一報を受けたときの描写の形容だが、いうまでもなく青天に雷を聞くから驚くのであって、暗天では当り前の話だが、この造語がそのときの天象と事態を実によく表わしていると、少年ながら感心したことをおぼえている。

私もやることがある。「りゅう車に向う蟷螂《とうろう》の斧《おの》」という言葉だが、これは本当は「隆車」と書くのだそうだが、私はあえて「龍車」と書いている。そのほうが感じが出るからである。

それから、「幽玄」という言葉。

この美の創造者世阿弥のつもりでは、「華やかで優雅な王朝美」を意味するものであったのが、いつのまにか「さびて、ほの暗い、いぶし銀ふうな世界」という、まあ正反対といっていい美意識に変わり、現代の人々も世阿弥から生まれた能さえも、そんな眼で見るようになった。私などもそのほうが「幽玄」らしいので、何となくその見解に従って書いたり、しゃべったりしている。

とまれ言葉の誤用は面白い。考えてみると、コピーライターなどという職業も、言葉の意識的誤用によって飯を食っているといえる。

東京駅の円屋根

人間には、自分のやった行為でも、あとになって「どうしてあんなことをしたのだろう?」と不可解なことがある。

それが、比較的大きな事件なら、動機に思いあたるところがあるが、あまり些少なことだと、おぼえがないことが多い。

私には、二十歳、昭和十七年十一月二十五日から書きはじめた日記があって、さきごろそれを本にしてもらった。タイトルを『戦中派虫けら日記』という。

それはいいのだが、さてあとになってふりかえって、なぜこの日から日記を書く気になったのか、自分でもわからない。私はそれまで、日記などつけたことはなかったのである。

私はその夏から家出をして、故郷の但馬を出奔し、上京して、自分では受験のための浪人のつもりで軍需工場に勤めていたが、昭和十七年十一月二十五日に、特別の事件があったわけでなく、日記を見てもなんの異変もあった形跡はない。

それがずっとあとになって――なんと四十年くらいたって、ふとその最初の日記帳を手にする機会があったとき、ヒョイとその理由を思い出した。そして笑い出した。

おそらくその日、私は本屋の前を通りかかったのだ。——太平洋戦争開戦以来、一年ちかくたっていたが、もうこのころ新刊本は少なく、本屋はみな、つぶれかかった古本屋みたいにスガれかかっていた。

そのなかに、これだけ目立って積みあげられていたのが、その新しい日記帳だったのだ。ただその美しさにひかれて一冊私は買った。買ったから、日記を書き出した。それだけのことだ。

その日そこに日記帳を売っていなかったら、私は日記など書かなかったのである。

それに似た、自分でも長らく小さな謎としていたことがある。東京駅の話である。

ご存じのように、東京駅の屋根の両側には、ピラミッドの先端を切ったような塔状のものがある。あの下は吹きぬけのホールにでもなっているのか、東京駅の構造の知識がないのでよく知らない。

この半ピラミッド状の塔は、以前は円形のドームであった。昭和二十年五月の空襲で焼けるまでは、である。

それは知っている。そして、戦後修復されたとき、いまのかたちになったことも知っている。

それでも私は、そのピラミッド状の部分を見るたびに、違和感をおぼえた。ちがう、ちがう、と、つぶやき、あのドーム型の塔のある東京駅こそ、戦前の東京の象徴のように思い、せっかく修復するなら、なぜ昔通りにしなかったのだろう、と不平がいいたくなった。

ふしぎなのは、私のこの心理である。

私が旧東京駅にこんな執着を持つ理由がないのだ。

別に東京駅の近くに通勤したこともないし、知人もない。いわんや、あけくれシミジミと東京駅をながめ暮らしたおぼえもない。

私にとって旧東京駅が存在していたのは、さきに述べたように、昭和十七年夏から昭和二十年五月までの三年足らずのことで、東京駅とはまったく関係のない日々であった。

まれに何かの用で行ったことがあったとしても、それは駅の中のことで、外の広場に出たという記憶はない。

あの塔がドームだなんて、どうして知っていたのだろう？　それさえふしぎなのである。

ところが、それから五十年たって、先日、所用あって東京駅前の広場を車で通りかかって、突然その謎がとけた。

昔むかし、この広場の蜿蜒《えんえん》たる行列のなかにつっ立っていたことを、ヒョイと思い出したのだ。やはり外に出ていたのである。

家出同然の上京であったが、その三年ほどの間に、一度だけ但馬に帰ったことがある。

そのときの日記に、その帰郷のことを記録している。「朝八時から東京駅にならび、切符を買うのに午後二時までかかる」。昭和十八年十二月二十九日のことである。

六時間、私は東京駅前につづく蜿蜒たる長蛇の列のなかに立ちつくしていたのだ。その間、駅のドームを眼からアクビの出るほど眺めていたのだ。その記憶が、ピシャリと刻印されていたのである。

人間は、回想してだれでも自分の人生に二つ三つ神秘的な事件を見つけ出すものだが、そのいきさつの真相は、たいていこんなものかも知れない。

廃用性萎縮

私の右手の中指には、ペンダコがある。

小説を書くのにできたタコではない。私はそんなに小説を書いていやしない。これは少年時代、絵をかくのにできたタコである。

その年齢のことだから、そのころ「少年倶楽部」を飾っていた樺島勝一の軍艦のペン画とか、山口将吉郎の武者絵とかの模写でできたものだが、とにかく指にタコができるほど絵に熱中した。いまになればお笑いぐさだが、もし両親が幼少時代死去せず、世の中がいまのような泰平であったなら、画家になっていたのではないかと思うほどである。

二十代までは、風景や静物の水彩画をかいたと思うが、そのころからほかにやることがいろいろ生じて、ついにはまったく絵をかかなくなってしまった。

四十前後になって、ある夜、推理作家の仲間数人と新宿二丁目へいった。新宿二丁目というと、元遊郭として有名だった町だが、別に女郎買いにいったわけではない。だいいち、そのころいわゆる赤線区域なるものは消滅している。その一角で、ヌードの女をデッサンさせる店があるときいて、酔後、面白半分に赴《おもむ》いたのである。で、その通り、全裸の女性を素描したのだが、かきおえておたがいの絵を見くらべて、私は愕然とした。

女のヌードを見ることだけが目的に相違ないほかの連中のだれより、私の絵が下手だったのである。

私は多少はあったかも知れない絵の才能が、まったく消失していることを知った。

それから、それに似た話だが、私の祖父の家が但馬の日本海の海辺にあったので、少年時代泳ぎをおぼえて、百メートルばかりの入江のくびを、往復できるくらいになっていた。それで大人になってからも、温泉にいって大浴場にほかの客の影がないと、ひとりで泳ぎまわることがよくあった。

しかるに十年ほど前、それをやろうとして泳ぎ出したら、たちまちブクブク沈んでしまって、大狼狽した。これもショックであった。

それからもう一つ。突飛な例を持ち出すようだが、下駄の話がある。

思えば日本人は、よくまあ下駄などという奇怪な履物を発明し、千何百年も愛用してきたものだと呆れかえる。中国人は、大昔から沓《くつ》をはいていたのだろう。秦の始皇帝が、下駄をはいていたなどきいたことがない。それなのに、奈良の昔から制度文物なんでも中国を模倣することで事足れりとした日本で――特に雨や雪の多い日本で、履物だけは下駄ないし草履《ぞうり》、わらじという伝統を守りつづけてきたことに、ふしぎな思いがする。

特に下駄、あれをはいて行動するのは、まるで曲芸である。

しかし、その下駄をはいて昔の人は自由自在に行動した。牛若丸は高下駄をはいて五条大橋のらんかんを飛び、月形半平太は春雨の中で、下駄をはいて剣戟をした。

そんな架空の話ではなく、いつぞやも戦前の名作といわれた田坂具隆監督の映画「爆音」をビデオで再見したが、村長の娘に扮した轟夕起子が、キモノに下駄や草履をはいて、野原や村道を走るのに、いまのミニスカートにハイヒールの娘以上に軽快なのに、目を見張った。

いや、他人の戦前のことに驚くにあたらない。

私には信州蓼科に小屋があるが、そこから二キロばかり坂道を上ると、八子ケ峰《やしがみね》という山の頂上に着く。その最後の数十メートルは、ガラガラの岩道である。その頂上の岩に腰をかけている私の写真があるが、悠然と組んだ足は下駄をはいている。その道を下駄で上ってきたのである。昭和四十年ごろの写真だ。

ところが先日、久しぶりに下駄をつっかける機会があって、十歩歩いたら、下駄は足から離れてしまった。

下駄で歩くには、鼻緒の両側を指でおさえる必要があるが、そのコツを完全に忘れていたのである。

そりゃ人間には、老化ということがあり、若いころ簡単にできたことが、年とともにできなくなるのは当然だが、しかし、幼少年期に身体でおぼえたことは、年をとってもある程度通用することもあると思い、絵や泳ぎや下駄などはそのなかに入ると信じていた私には、結構驚くべき体験であった。

老化もさることながら、いわゆる廃用性萎縮の作用のほうが、大きいと考える。

幼児は、あらゆる才能の可能性を持っている。それを培養するために教育するのだが、しかし、「はたち過ぎればただの人」という結果が大半であるところを見ると、培養よりも廃用性萎縮の作用のほうが大きいのではないかという気もする。

望郷と亡郷

ことしの秋も、故郷の但馬の知人から、梨やカニやイカがとどいた。

ありがたく受け取りながら、もう三十年くらい、ほとんど故郷に帰っていないことを思う。帰ってはいけない理由があるわけではないが、是非とも帰らなければならない理由もないからだ。それでもしばしば、幼少のころの追憶に沈むことはあるのだが。

ふと、古今の文人と故郷というテーマが思い浮かんだ。そして彼らの故郷への対応に、大別すれば、二種類あるようだと考えた。専門に研究したわけではないので、漠然たる知識だが。

ほとんど終生ないし後半生を故郷ですごし、その地に没した良寛、一茶、宮沢賢治などのことは、ここでは問わない。

いちばん故郷と人馬一体となったのは、島崎藤村だろう。

信州馬籠《まごめ》の彼の生家は記念館となり、その一帯の坂道は、京都の一区画にまがうしゃれた土産物店となり、そこで売られているあらゆる民芸品には「木曾路はすべて山の中である」

という『夜明け前』の一節が書かれている。

ふるさとと生涯交情を絶たなかったのは、芭蕉である。伊賀から江戸へ出て二十余年、その間、何度も帰郷しているし、最後の旅の大坂滞在中にも伊賀に帰っている。

さまざまの事おもひ出す桜かな

これは、その伊賀滞在中に桜を見て、懐旧の句である。

北原白秋も、水郷柳川から離れては論じられない。トンカジョン（大きい坊や――柳川の方言）はうたった――。

「もうし、もうし、柳河じゃ、
柳河じゃ。
銅《かね》の鳥居を見やしゃんせ。
欄干橋《らんかん》を見やしゃんせ。……」

（柳河風俗詩）

彼は、ふるさとを無限大に幻想的かつ豊麗にうたいあげた詩人であった。

もう一人、懐郷の名文を書いた人を思い出す。夏目漱石である。

漱石は牛込喜久井町に生まれ、育ち、早稲田南町で死んだ。同じ東京で、しかもそれほど離れてはいない土地に住んで、懐郷の思いもあるまいと思われるが、漱石の懐かしんだのは、自分の少年のころ、青年のころすごした牛込の町なのである。死の前年に書いた『硝子戸の中』は、過ぎ去った時のかなたの町へ捧げる美しい詩である。

以上は、懐かしいふるさとを持つ幸福な人々の例だ。

次は、ふるさとに対してあまり関心のない、あるいは冷淡な人々の例である。

鷗外は、死するにあたって、「余ハ石見人森林太郎トシテ死セント欲ス」と遺書を書いたが、しかし彼が故郷の石見に特別の愛着を持ったような事実は、実生活にも文学上にも見られない。そもそも彼は、十歳のとき上京したあと、津和野に帰ったことがあるかどうか。

それから、内田百閒もふしぎだ。百閒の作品には、故郷の岡山を題材にしたものが相当量を占める。のみならず、そのすべてに懐旧の情がみちている。ただし、それは追憶のなかの岡山である。

それなのに、彼が岡山に帰った記述はない。少くとも私の記憶に残るような文章がない。『阿房列車』は、九州にもいっているはずだが、途中下車もしないで通過してしまったのだろうか。

いたましいのは、だれも知るように啄木と故郷だ。

「かにかくに　渋民村は
恋しかり
おもひでの山
おもひでの川」

これほどふるさとを恋しがりながら、彼は渋民へ帰ることができなかった。彼は「望郷」というより「亡郷」の詩をうたった。

「石をもて追はるるごとくふるさとを出でしかなしみ消ゆる時なし」

ふるさとは遠きにありて思ふもの、とうたった室生犀星は、果して金沢へ帰ることがあったかどうかよく知らないが、こんな詩を作るくらいだから、あまりなかったろう。

啄木がふるさとへ帰れないのには、それなりのわけがあった。

が、与謝蕪村の「亡郷」ぶりは謎である。

彼は淀川べりの毛馬村に生まれ、後半生を京都で暮したが、懐郷の名句は多い。

花茨故郷の路に似たるかな

愁ひつつ岡にのぼれば花いばら

遅き日のつもりて遠きむかし哉

その上、有名な「春風馬堤曲」もある。馬堤とは、毛馬村の堤という意味である。萩原朔太郎が蕪村を、「郷愁の詩人」と呼んだのはもっともだ。

しかるに蕪村は、生涯いくども淀川を上下しながら、ふるさとを訪ねた形跡はない。毛馬村に生まれたことだけはたしかだが、それ以外のことは全く霧につつまれている。彼はなぜ「亡郷の人」となったのだろう?

昭和の番付

昭和が終わって六年たった。

昭和が終わったあと、その総まとめとして、昭和の各種番付のごときものが現れると思っていたが、別にそのたぐいのものは見られなかったようだ。たとえば日本再興の立役者十人とか、戦後のヒーロー十人とか。――別に待望しているわけではないが、いっときのなぐさみとしては面白い企画だと思うのだが。

昔はよくこんな企画が新聞雑誌に出たようだ、その多くは相撲の番付に見立てた。

明治四十二年にも当時の大雑誌「太陽」が「名家」三十五人を選び、人気投票の結果を発表した。「名家」の意味がはっきりしないが、これは相撲番付風ではなく投票式で、合計点によったものらしい。すでに『吾輩は猫である』『坊つちやん』『三四郎』などを世に問うていた夏目漱石が一等に当選し、記念の金盃を受けることになった。

漱石はこれをしりぞけ、こういう試みを批判した。要するに個性の千差万別な人間を、ダンゴの串刺しのように扱うのが気にくわないというのだ。二年後の博士号辞退問題の前奏曲である。

私も漱石の意見に賛成するが、いま言ったように、いっときの座興の目で見るなら、こんなランク付けも面白いと思う。

そこで、もう終わった昭和の人物のいろいろな番付を考えてみる。

が、昭和期のさまざまなジャンルの中で活躍した無数の人々から何十人かを取捨選択し、さらに横綱三役あるいはベストテンを決めるなんて芸当は、私の及ぶところではない。またそれをくりひろげる余裕はこの欄にない。

私のあげ得るのは、気まぐれに頭に浮かんできた数人ずつである。

まず敗戦後の日本再起の第二の立役者はだれだろう。

それが宰相吉田茂であることに、まあ異論はあるまい。彼は老妓のごとくマッカーサーをあやなした。特にその楽天性とウィットは日本人には珍しい。支配者を人工的に神格化する独裁国は別として、同時代人はエラクは見えないものだが、吉田茂は首相在任当時から他の政治家とは一頭地をぬいた風格の持ち主であった。天はあの大敗戦にあたって、日本によくこういう人物を残しておいてくれたものだと感心する。

第三の殊勲者は、私の実感からすれば、水泳の古橋広之進であった。あらゆる点で「日本人はすべてダメだ」という絶望感に打ちひしがれていた敗戦後、芋を食いながら相ついで世界新記録を樹立したフジヤマのトビウオのカンフル的偉功は、いくらたたえてもたたえきれないものがある。

第四位以下には、日本を経済大国におしあげた経済人、産業人をあげるべきだろうが、だれが適当か、そのほうに暗い私にはよくわからない。

おや、第一の立役者はどこへいった？

こんどは逆に、いっとき日本を亡国の運命に追いこんだめんめんをあげてみる。その誕生は知らず、彼らもまた昭和の人間にちがいない。

終わってみれば質量ともに百対一といってもまだ足りない軍事力の差があったことが明らかとなったいまでは、直接の戦闘で敗北した者より、そんな大差のある戦争をなぜおっぱじめた、という開戦責任者のほうの罪が重いと思われるが、私の見るところでも、東条大将よりも、近衛公のほうの責任が重大だ。細川元首相の祖父である。

日中戦争が始まったときから太平洋戦争開始の直前まで、断続的ながら首相の地位にあり、その間に日米関係をのっぴきならぬ羽目におとしてしまった近衛の無能は、第二の戦争責任者と評してさしつかえない。彼の苦しみは察するにあまりあるが、国家の大事は結果論で断ずるしかない。

第四番はやはり、ねじり鉢巻で清水の舞台から飛んだ東条が引き受けるほかはあるまい。

いや待て、とり逃がしてはいけない人物があった。第三番といっていい責任者だ、石原莞爾である。

日中戦争なかりせば太平洋戦争はなく、満州事変なかりせば日中戦争はなかった。その満州事変を計画し、一応成功したと思わせたのが、当時関東軍参謀であった石原莞爾であったのだ。十五年戦争の序幕は彼によってひらかれたのである。敗戦後、極東国際軍事裁判の臨時法廷に証人として喚問された石原が、「なぜ私を証人としてでなく、戦犯として逮捕しないのか」と訊いたというのは一理ある。

五番目は、いま軍事的敗北より、開戦責任者のほうの罪が問われるべきだといったけれど、ミッドウェー作戦で四隻の空母を擁しながら、二隻の空母しか持たないアメリカ艦隊に、もののみごとにしてやられた山本五十六ということになるだろう。

石原も山本も快男児の一面を持つだけに、これを槍玉にあげるのは心痛むが、歴史の裁きは厳粛である。

六番目は――いや、それよりも一番目はどこへいった?

こんどは昭和の美女番付を作って見ようと思う。

これは楽しい仕事だと思っていたら、意外にむずかしい。

だいたい町でゆき合う女性で、お、これは美人だと思われる人は百人に一人あるかなしだろう(男性は私をふくめてもっとヒドイが)。それでも昭和期六十三、四年間にわたると、美人の数もたいへんなものになる。

その中から十人内外を選び出そうと思うのだが、それにもいろいろな条件や制約が加わる。まず選ぶ対象が、だれでも知っている女性でなければならない。周囲の人間だけが知っている女性では、はたから何ともいいようがない。従って、とりあげるのは、平凡だが女優、タレントのたぐいとなるのはやむを得ない。

次に、選ぶ年齢を二十代――彼女がいちばんきれいなころに限ることだ。

たしか山本夏彦氏だったと思うが、世の美人には骨美人と水美人とがある。骨美人とは若いころの美貌の原型を老境に至るまで保ち得ている女性で、水美人とは若いころはふるいつきたくなるほど可愛らしいのに、老いるに従って見るかげもなく梅干し婆さんに変わってしまう女性だそうだ。これは卓見だと同感したことがあるが、因果なことに、私は水美人の系統の顔のほうが好きなのである。――こういう現象があるから、二十代を選ぶ。

ついでながら、その女性が老いて死去したとき、かつて美を売物にした女性なら、死亡記事に使う写真は、彼女がいちばん美しかったころのものを使ってはどうだろう。それが武士のナサケであり、また元美人であった女性に対する礼儀ではあるまいか、と考えることもあるのだが、しかしそうすると、若いときの写真を使ってもらえなかった女性から、それは差別だと抗議が出るか。

それからまた私を迷わせるのは、時と場合によって、その女性の美しさが変化することだ。特に女優の場合顕著だが、ふつうに見ればふつうの美人だが、映画やテレビのなかで動き出すと別人のように生彩を発揮する女優があり、逆にカバーガールとしてはこの上なしだが、笑ったりしゃべったりすると、たちまち魅力を失う女優がある。主として演技力の差だが、これなどどちらをとるべきか迷う。まあ、このあたり、出たとこ勝負で見つくろいましょう。なるべく客観的にえらぶつもりだが、いま私が水美人のほうが好きだといったように、どうしても私個人の好みが入るのはやむを得ない。ほかの人が選んだらまったく別の番付が出来るにちがいない。

それから、くりかえすようだが、これはあくまで昭和の美女から選んだものであって、現在唯今の平成七年を対象としたものではないということだ。古めかしい名が出てきてもご容赦相成りたい。

美人を相撲の番付にたぐえるのはむくつけき所業と思うから、これもベストテン式とする。

さて、私による昭和の美女第一位は。——

美智子皇后。

はじめてプリンセスとして都大路を馬車でゆく美智子妃を見て、ホホー日本にもこんな女性がいたのか、と感嘆したのがほんのこの間のことのような気がするのに、もう還暦の年を迎えられたとかで、時間も魔の馬車だとの感慨を新たにするが、その皇后にバッシングを試みる者が出ようとは。

これぞ大逆無道、と私は心中につぶやいた。皇后に対してではなく、日本一の美女に対するふとどき者として、私はイキドオったのである。

さて、第二位の美女はだれか。

これが、二、三人あってそのなかから一人ひき出すのに悩むのだが、いまではこの名を知る人も少ないだろうから、あえて私は女優の轟夕起子の名をあげる。

終戦直後、進駐軍が東宝撮影所に、スターの轟夕起子を奪いにくるという風評がながれ、期せずして「轟夕起子を護れ」という声の下、何百人かの東宝社員が結束して防衛態勢をととのえたというのは実話か、伝説か。

戦前戦中は「限りなき前進」「爆音」「姿三四郎」などの名作に出演しながら、いまは彼女の名を知る人も少ない不運のもとは、晩年日活のやくざ映画などに多く出たためだろう。のびのびとした演技力に加えて、歌えて踊れるという才能のために何にでもコキ使われて、あたら大女優の資質を浪費させせられてしまったのである。

しかしその清潔で明るい美貌は——戦前戦中期だが——抜群のものとして、私は彼女を第二位にあげる。

昭和美女番付のつづき。

三番目の美女はだれか。私は高峰秀子としたい。それも「綴方教室」や「馬」に出ていたころの十代の高峰秀子である。

いまのいわゆるアイドルに対しては、何割かの反感ないし不感症を示す向きもあろうかと思うが、若き日の高峰秀子にそんな反発をおぼえる人は一人もいなかったろう。当時の高峰秀子こそ、国民の総アイドルであった。彼女がちらりと片影を見せるだけで、その映画全体を明るくし、親しみぶかくした。

ただ愛くるしいだけではない。彼女は屈指の名女優であったが、実にアッサリと引退したような印象がある。

いま老いても、ときどきもれ承わるせりふもいさぎよい。これほどの名女優になると、たいていの役者が、「芸の道は果てしのないものでございまして……」などという回顧談を語るものだが、彼女ばかりは、一日も早く女優をやめたかった、やめてセイセイした、などしゃべっているようだ。

――おっとこのエッセイは俳優としての評価ではなかった。

次は原節子。

日本の美女の代表格である原節子を四位に持ってきては、大異論のあるところだろう。実は最初から迷っていたのである。迷ったのは、これを第一位とするのはあまり当たり前すぎると考えたからだが、美人番付に彼女の名をあげないわけにはゆくまいから、おくればせながらここに出す。

彼女もまた高峰秀子以上に劇的に消えた。以来、近親者を除けば、老いたる原節子を見た者はない。

大相撲の番付では、三役まではそれ以下に陥落することを許されるが、横綱は許されない。横綱を去るときはすなわち引退するときである。原節子は横綱の地位を去ったとは思えず、小津映画に欠くことのできない名花としての声望を保ち、しかし小津が消えるとともに静かに消えた。老いぬうちに消えたことによって、彼女は永遠の美女の記憶を残した。

五位は、戦後に成年式を迎えた世代の代表として吉永小百合をあげるとしよう。

吉永小百合が十代のころ、どこかの映画会社のオーディションに落ちたという話がある。落とした試験官は死刑に価するが、吉永小百合を五位にしたことで「お前こそ死刑だ!」と立腹するサユリストもあるかも知れない。

六位以下を、主として戦後の女優から求めようと頭をめぐらせてみたが、百花りょうらんとして容易に順位をさだめがたい。

そのうち妙なことに気がついた。

戦後のカラー映画より、戦前戦中の白黒映画に登場した俳優のほうが印象が強いのである。特に女優の美しさがそうだ。

はじめ私はそれを、これら女優が若く、こちらもまだ若かったことからくるフェロモンの作用か、戦前と戦後の撮影技術の変化によるものか、あるいは全然私の錯覚かと考えたが、どうもそれだけではないらしい。

原因は白黒の世界と、カラーの世界の相違にあったのだ。

着色化は映像を浅薄化し、光と陰翳《いんえい》のみの表現は深化する。若いころ画家を志したといわれる黒澤明監督が、自作のカラー化にいちばん遅くまで抵抗したのは、よくそのことを看破していたからであったろう。ちなみにいえば、彼の傑作はすべて白黒映画である。

私も思う。もし映画の世界だけでなく、現実の地上が光と陰翳だけのものであったら、いかに怖ろしい、しかし芸術的な世界となることだろう。

女優もその通りだ。光と陰翳のみの世界に生きてこそ、彼女は聖女ともなり、大妖女ともなる。

その世界の女優と、カラー時代の女優を、同じ番付表にのせるのは不公平じゃなかろうか、と私は考えた。

そして、そもそもこんな番付を作るのは無意味だと、この試みを投げ出した。よって六位以下は名前をならべるのはやめる。

最後に、これも番付にはならないが、最初にあげた日本復興の立役者たちとは別に、戦後日本を代表する英雄をあげてみよう。戦後の英雄は、国民を「愉しませて」くれた人物である。

男性では黒澤明、それを具象化した三船敏郎、それから長嶋茂雄。

女性は——ウーン、そうですな——私自身はその容姿も歌もあまり好きではないが、「客観的」に見てやはり美空ひばり、ですかね。

初出一覧

あと千回の晩飯	朝日新聞　朝刊　平成六年十月六日〜平成七年三月二十三日（正） 平成七年十月五日〜平成八年十月十六日（続）
風山房日記	
アル中ハイマーの一日	「問題小説」平成五年六月号
私の夢判断	「〃」平成五年九月号
風老残散読記	「〃」平成五年十二月号
夜半のさすらい	「〃」平成六年三月号
蛙はまた鳴くか知らん	「〃」平成六年六月号
近頃笑いのあれこれ	「〃」平成六年九月号
B級グルメ考	「〃」平成六年十二月号
乱歩先生のお葬式	「〃」平成七年三月号
風来坊随筆	
少年時代の読書	「一冊の本」平成八年四・五月号
少年時代の映画	「〃」平成八年六・七・八・九月号
漱石の鷗外宛書簡	「〃」平成八年十月号
日本人を疑う日本人	「THIS IS 読売」平成八年四月号

ふんどし二千六百年　「 〃 」平成八年五月号
わが意外事　「 〃 」平成八年六月号
奇妙な偶然　「 〃 」平成八年七月号
日本刀　「 〃 」平成八年八月号
生きもの鬼行　「 〃 」平成八年九月号
金メダル　「 〃 」平成八年十月号
蓼科の夏　「 〃 」平成八年十一月号
風の墓　「小説現代」平成七年一・二・三月号

あの世の辻から
死後の世界はあるか　産経新聞　朝刊　平成六年四月十日
死者の口　〃　平成六年五月八日
善玉・悪玉　〃　平成六年六月十二日
タブーと不文律　〃　平成六年七月十七日
残念無念の事　〃　平成六年八月二十一日
面白や　言葉の誤用　〃　平成六年九月十一日
東京駅の円屋根　〃　平成六年十月九日
廃用性萎縮　〃　平成六年十一月十三日
望郷と亡郷　〃　平成六年十二月十一日
昭和の番付　〃　平成七年一月十五日・二月十二日・三月十二日

巻末エッセイ
当てはずれ

多田道太郎

当てとふんどしは向うからはずれる、と下世話に言いますが、病気の予想もそうで、自分はこういう病気になるだろうという予想もめったに当ることはないようで。

いっぽう病気予想を趣味（好み）としてなさる方もめずらしい。そのめずらしい方のおひとりが『あと千回の晩飯』の著者山田風太郎さんです。山田さんは六十歳を少し越えたころ、こういう病気予想をなさったそうです。

脂漏性湿疹、脳溢血、歯、肺がん、心筋梗塞、胃潰瘍、肝硬変、ギックリ腰、尿路結石、便秘、足のイボ。

順不同もいいところ、しかもこの病気（ないしは病名）のことごとくが、十数年後、当てはずれになったという告白——がおもしろいというか笑えてくる。病気予想を趣味としない人もこの際予想表をつくられてはいかが。たぶんそのすべてが当てはずれというか、「死にいたる病い」にはならないでしょう。

山田さんは「死は推理小説のラストのように、本人にとって最も意外なかたちでやってくる」(すべて『あと千回の晩飯』略して『あと千回』に拠る)と言っています。山田さんという方は、日本で、いや世界でも珍らしい金言名句家だなあ、こと生病老死に関して……。西洋風にいえばモラリスト、日本風、儒教風にいえば道徳家ですね。笑える、笑えてくる道徳家、というのは世界でも珍らしい。古風な道徳家なら、吾いまだ生を知らずいずくんぞ死を知らんや、とか何とか言いそうなところ、新風の道徳家は「死は推理小説のラストのように、本人にとって意外なかたちでやってくる」とおっしゃる。

では『あと千回』が推理小説のラストかというと、ほんとのラストならこんなエッセイの書けるわけないではありませんか。つまり、死病は一体ならず、死とは独立に病いがやってくることもある。病気の急襲は推理小説のラストならず、推理小説の中断、というか中休みである。ということを『あと千回』の中休みが読者にナットクさせる。

『あと千回』はもともと新聞の連続エッセイで、本人もたぶん新聞社も連続性を当てにしていたところ、病気の急襲によって中断せざるをえなくなった。当てとふんどしは向うからはずれたんですね。いわば宙づり状態、推理小説ふうにいうとサスペンス状態に万人が、作者もふくめておかれてしまったわけです。

『あと千回』という連続性の当てこみが二重三重の中休み、宙づり、サスペンス状態におそわれ、置かれ、当てがはずれる。

そこが夏目漱石の『明暗』とちがうところです。『明暗』は永遠の未完で終ってしまったのですが『あと千回』では宙づり状態がえんえんと書かれているのです。が、『明暗』と『あと千回』とは文学の血脈によってつながっている。精神の宙づり状態を描くというココロザシにおいて。

「はからずもこのエッセイは、私の老人病のいきさつを長々と書く羽目になった」「……今突然みずからこの世においとまするほどの精神昂揚力もないので、とにかく生きるだけは生きている。私の生は今のところ宙ぶらりんといった状態である」（『あと千回』）。

世間ではちょっと長生きすると人生の達人などと呼ぶ。けれど、山田さんによると、病気ということでは「その年齢においてみな初体験なのだ」。初体験の連続でどうして「達人」なんかになれるものか。成人病と呼ぼうが老人病と呼ぼうが、それとも結局は「死にいたる病い」であろうが、みんなみんな「初体験の連続」である。

あと千回の晩飯、なんてふつうの人のふつうの予想、当てじゃないですか。あと三年ぐらいは生きられる、あと千回くらいは晩飯が食える。と漠然と期待している。だから明るくぴんぴんして生きている。だから「人生の達人」候補みたいな気分で吾人ともにしゃべり書き生きているのでしょう。

山田風太郎という人の変っているのは、千回の献立て表を書いてやろうというココロザシです。食事学とか給食の専門家以外にはこんなココロザシに駆りたてられる人はいない、とぼくは思います。山田さんはじっさい何回か献立て表を書いたのです。病気の献立て表を書いたように。

しかし病気も食事も当てはずれ。みんな「初体験の連続」だということを思い知らされる。初体験の連続というふつうの人なら不安の連続だろう過程をアッケラカン、ケロリンという感じで書いている。やっぱり『あと千回』という本はスゴイ本だな、と思わずにいられません。

『あと千回』にぼくが、俗にいうはまってしまったのは、こちらの都合もあるのです。ぼくは山田さんより三歳年下、そして今年（一九九七）二回にわたって入院。目下自宅で加療中。病気の中休みには一見元気にこんな文章も書いている。しかし週刊誌連載の文章は、木曜日締切ぎりぎりに書いていたので、二回の発作がたまたま木曜日、という不運に見舞われ、筆者急病のため今週は休載――という不体裁。不体裁の上塗りに、急病は俗にいう糞づまり。高尚にいえば腸閉塞、もっと高雅にいえばイレウス。こんな病気に襲われるとは夢にも思いませんでした。病気の当てとふんどしが向うから外れてしまった。ま、恐竜だって糞づまりで絶滅したという説もありますが。

こんな境遇、こんな自己都合で『あと千回』にたまたまめぐりあったのが身の不運か身の幸運か。ま、身には幸運と思っているのです。

で——けっきょく、ぼくは何が言いたかったのだろう?

あっ、山田さんとは一面識もない間柄だということです。それでいて馴れなれしく、さん呼ばわりしている。一面識もない、ということで思いだしたが、ある学生が先生に初の手紙を出すのに(たぶん緊張のあまり)一見識もない先生に失礼ですが、と書きあやまり——ということを伝聞してぼくは呵呵大笑しました。一見識もないというのは何とみごとな批評だろうか。偶然というのはすごい仕事をするものだな。ぼくが山田さんの本にはまったのも、偶然のなせるわざ。目下の境遇の似ている(とぼくが勝手におもっている)偶然の発作現象みたいなもの。山田さんに一見識もないなどとはゆめ思っておりません。一見識もないのは正直ぼくの方。老病生死のことにかけては、たいへんな知恵者、叡知の人とはばかりながら察しております。

あっ、それから大事なことを言い忘れていました。「初体験の連続」でありながら、著者の目線、他人への目線が、いつもやさしい気分でしかも安定していることです。これは真似ようと思っても真似られない。

たとえば女性の死に対する態度です。女性は死に対して男よりも平静なのではないか、と著者は考えます。そして次の文章。

「多少の年齢差はあるとはいえ、女性もいずれは死んでいくのだろうが、近年没した身の周りの老女のだれかれを思い出してみても、あたかも密林の中の湖へ黙々と沈んでゆくという象の死を見るような気がする」。

おしまいの一行、密林の中の湖へ沈んでゆく象というイメージ。

山田風太郎氏の別の本『半身棺桶』（徳間書店刊）中の「深編笠の太平記読み」をつい連想してしまうのです。「色あせた黒紋付の着ながしに深編笠をかぶり、扇子を口にあてて、『太平記』のきかせどころを、朗々あるいは哀音切々と読みあげる」。

象は黙々と。

太平記読みは朗々と。

この二つのイメージは、どこでどうつながるのか、さっぱりわからないまま、ぼくの心の中で、かつは沈みかつは浮上してゆく。

「降り行く大伽藍、昇り行く湖」（アルチュール・ランボー）。


（ただ・みちたろう　フランス文学者）

＊「一冊の本」（朝日新聞社）一九九七年十一月号より転載。

あと千回《せんかい》の晩飯《ばんめし》
朝日文庫

2000年6月1日　第1刷発行
2003年5月30日　第5刷発行

著　者　山《やま》田《だ》風《ふう》太《た》郎《ろう》

発行者　柴野次郎
発行所　朝日新聞社
〒104-8011　東京都中央区築地5-3-2
電話　03(3545)0131（代表）
編集＝書籍編集部　販売＝出版販売部
振替　00190-0-155414
印刷製本　凸版印刷株式会社

ISBN4-02-264228-9